一段恋情

[日]赤川次郎 著　　许倩 译

青岛出版集团　青岛出版社

山东省版权局著作权合同登记号　图字：15-2023-54 号

图书在版编目（CIP）数据

一段恋情 /（日）赤川次郎著；许倩译 . — 青岛：青岛出版社，2023.7

ISBN 978-7-5736-1203-8

Ⅰ. ①一⋯　Ⅱ. ①赤⋯　②许⋯　Ⅲ. ①推理小说 – 日本 – 现代　Ⅳ. ① I313.45

中国国家版本馆 CIP 数据核字（2023）第 098011 号

书　　名	YIDUAN LIANQING 一段恋情	
著　　者	[日] 赤川次郎	
译　　者	许　倩	
出版发行	青岛出版社	
社　　址	青岛市崂山区海尔路 182 号（266061）	
本社网址	http://www.qdpub.com	
邮购电话	0532-68068091	
策　　划	杨成舜	
责任编辑	刘　迅	
封面设计	陈绮清	
照　　排	青岛新华出版照排有限公司	
印　　刷	青岛双星华信印刷有限公司	
出版日期	2023 年 7 月第 1 版　2023 年 7 月第 1 次印刷	
开　　本	32 开（880mm×1230mm）	
印　　张	8.25	
字　　数	157 千	
印　　数	1—6000	
书　　号	ISBN 978-7-5736-1203-8	
定　　价	45.00 元	

编校印装质量、盗版监督服务电话：4006532017　0532-68068050

本书建议陈列类别：外国文学　推理　畅销

恋ひとすじに

目 录

序　曲

　　泷田奈奈子极易坠入爱河,尽管从来没有人这样说过她。

　　遇到一个可以交往的对象,只要她觉得"啊,这个人还不错",就会不顾一切地冲上去。

　　不过,以下这种情况,只在她的想象中发生过。

　　被泷田奈奈子喜欢上的男人还没有跟她约会过,就已经深深地迷恋上她,以身相许,最后被她甩掉,落得个失恋的结局,思念她并且怨恨她……

　　"极易坠入爱河"和"轻易就会忘情"是相通的。

　　泷田奈奈子就是如此。就算失恋了,她也不会一直哭哭啼啼,她只会想在夜晚的都市里到处走走,去寻找下一个恋爱对象。

　　不过,今天晚上她在写字楼之间穿梭倒不是在寻找恋爱对象,而是因为肚子饿了,要赶着去地铁站。

在与地铁站相连的地下通道里,有一家营业到晚上十一点的咖喱店,若奈奈子加班到深夜,她就会光顾这里。

奈奈子看了一下手表。

"嗯,还有十五分钟!"

她对自己点了点头。

然而,就在她刚看见夜色中灯光明亮的地铁站入口时,有个人跟她说了一句话:

"打扰了!"

"啊?"

她环顾四周,发现她的身旁有一个陌生男人,她这才反应过来,他是在跟她说话。

奈奈子只好停下脚步。

"我想问您一下……"男人继续说道。

"啊,我有点儿……"

奈奈子本来想说"我有点儿忙",不过在这句话说出口之前,她仔细地打量了一番眼前的这个男人。

他穿着西装,打着领带。

他所穿的西装,跟她在公司里天天看到的科长所穿的那种廉价西装不同,他穿的是质地考究的高级西装,即使是在黑夜里,也能一眼看出。

他又高又瘦,身材挺拔,年龄在三十岁左右,也就是说,他比三十六岁的奈奈子要年轻一些,而最重要的是他长得英俊帅气。

"您很忙吗？"男人问道。

"啊……不忙。"奈奈子有些慌乱，"你有什么事吗？"

"您在这附近上班吗？"

"嗯，是啊。"

他打算跟她推销商品吗？可是，应该不会有人在这个时候推销商品吧。

"这附近好像有家公司叫'XYZ公司'，这个名字听起来有点儿奇怪，您知道这家公司吗？"

"啊……"奈奈子有点儿摸不着头脑，"你确定那家公司叫这个名字吗？"

"我听说的就是这个名字。"

"你说的这家公司可能就是我所在的公司。"

男人睁大了眼睛问：

"您就在这家公司上班吗？"

"嗯……其实我们公司的名字是'AB Culture①'，'Culture'开头的字母不就是'C'嘛，所以，公司名经常被简称为'ABC'。"

"可是，我听说的是'XYZ'啊。"

"你是不是从我们公司的员工或者前员工那里听说这个名字的啊？"

"什么意思？"

_____

① 英文大意为"AB文化"。

"我们公司虽然自称‘ABC’，但是由于工资太低、工作量大、办公室的桌椅陈旧，所以同事们经常调侃道：什么‘ABC’啊，还把排在英文字母表最前面的三个字母当成公司简称，好像自己是很有实力的公司一样，真能吹牛！它根本是英文字母表最末尾的三个字母‘XYZ’！公司员工有时给长年合作的公司发邮件时，故意将公司简称写成‘XYZ公司’。啊，当然，这附近也可能真的有一家公司叫‘XYZ’，但是我没听说过，我在这里干了十多年了。"

"是这样啊！"男人笑着说道，"那我要找的应该就是您所在的这家公司了。请问您的工作是……"

"与教育相关。"

奈奈子向来如此介绍自己的工作。

其实奈奈子的工作也没有多么了不起，她所在的公司只是一个生产并销售文具的中小企业，不过，将其说成是"与教育相关"，倒也没有说谎。

"是吗？"男人点点头，"您工作到很晚才下班啊！"

"啊……我比较忙。"奈奈子敷衍道，"你有什么事呢？现在公司的员工都下班了。"

"啊，当然，我是……"男人拿出了名片，"您好……"

奈奈子也习惯性地拿出自己的名片。

当她看到对方名字"汤川昭也"前面的头衔是"P商社董事"的瞬间，她突然有点儿犹豫，还要不要递出自己的名片。

"P商社"是一家综合商社,是日本知名的大公司。他这么年轻就当上董事了?

　　可是,这个叫汤川的男人一下子就从奈奈子的手里把名片拿了过去。

　　"啊,品质管理部的副科长,您的工作能力一定很强啊!"

　　要不是他的语气爽朗真诚,奈奈子还以为他在挖苦人呢!

　　"很抱歉把您叫住!"汤川说道。

　　"没事……"

　　"请问您所在的公司在哪一栋楼上呢?"

　　"在那边……那个亮着灯的楼……"

　　"哦,在那一栋高层大楼里吗?"

　　"不是,是在它对面的那一栋低层小楼里!"

　　汤川被奈奈子逗得笑了起来。

　　"谢谢!嗯,泷田小姐……是吧?您真是个很有趣的人啊!"

　　"大家都这么说。"

　　"那我改天再去'XYZ'……不,是'ABC'公司。到时候希望能再见到您!"

　　"啊……"

　　"再见。"

　　汤川礼貌地道了别,然后快步走到停在路旁的一辆黑色高级轿车旁,上车离开了。

　　"这是怎么回事?"奈奈子歪头想着。

都这么晚了,他还来找公司,而且,他还是P商社的董事……

"他不会是狐狸变的吧?"奈奈子自言自语道,"哎呀,咖喱店关门了!"

一、清晨来电

早晨打来的电话往往不会带来什么好消息。

这是一个具有普遍性的真理。如果有人早晨六点打来电话，那么一定是发生了什么大事。

"谁啊？真是的……"躺在床上的奈奈子嘟嘟囔囔地发着牢骚，伸手去拿放在床头柜上的手机，可是她没拿住，手机掉到了地上。

"啊！真是……"

奈奈子目前是独居，发牢骚也没人听。她好不容易从床上爬起来，捡起了手机。

电话是母亲打来的。

"喂……"她一边打着哈欠，一边接听了电话，"妈……"

"你怎么不接电话？"母亲突然大怒。

"这不是接了嘛！"

"我刚才给你打了几十个电话!"

"哎呀……我昨晚加班到很晚!"

奈奈子的老家在乡下,那里的人们都起得很早。

"什么事啊?"

"出大事了……"母亲泷田兼代叹了口气。

"你一年能说十次'出大事了',"奈奈子无奈地说道,"这次又怎么了?"

"是久美的事!"

"久美怎么了?"

久美是奈奈子的妹妹,比奈奈子小十一岁,今年二十五岁,母亲三十五岁时生了她。

因为姐妹俩年龄差距很大,小时候,久美把奈奈子当成妈妈,天天围着她转。

"她跟男人私奔了!"兼代说道。

"私奔?"奈奈子一下子清醒了,"可是……和谁?"

在那个乡下小镇里,久美能找到男人和她私奔吗?

"我也不知道啊!"

"那你怎么知道她和男人私奔了? 她也可能只是离家出走啊!"

"她留下了一张字条,上面写着'我要和他过上幸福的生活'。你爸气坏了……你快回来一趟吧!"

"可是,这也太突然了……"奈奈子直摇头,"你先别着急,等我彻底清醒了，我再给你打过去。"

"除了你，你爸谁的话也不听啊！"

"妈，你跟他说，久美都二十五岁了，有喜欢的人很正常啊！"

"你直接跟他说吧！"

"总之……你先等一下啊！"

奈奈子好不容易安抚好母亲，挂断了电话。她一边脱睡衣，一边向浴室走去。

她的住所在一栋三层公寓里。这里说是"公寓"，其实更类似廉价出租房。

奈奈子在公寓的三层租了一间房子。

"啊……"

她伸了个懒腰，走进了浴室。冲完澡后，她彻底清醒了。

"这个久美……"

奈奈子用浴巾擦着身体，瞥了一眼镜子中的自己。

久美的相貌从高中时起就非常可爱，她既不像父亲，也不像母亲。久美半开玩笑地对父母说："你们当初肯定是抱错孩子了。"

而奈奈子的相貌呢？

"我净挑你们的缺点长！"奈奈子经常这样抱怨。

此时，奈奈子看着镜子中的自己。

"倒也没有那么差嘛！"她喃喃自语道。

不过，过了三十岁，她明显胖了，肚子那里不管怎么看，都只能说是"有点儿胖"。

她有一张天生的圆脸,别人经常说她"很年轻",但从来没有人说她"很可爱"。

"啊……"

她还要给母亲打电话,再不打的话,母亲又要打过来了。

奈奈子一边擦着身体,一边跑出浴室。

"姐,早啊!"

妹妹穿着牛仔裤站在奈奈子面前。

"久美!"奈奈子睁大眼睛看着妹妹,"你是怎么进来的?"

"你的门没锁啊!"久美满不在乎地说道,"你要不要穿件衣服呢?"

奈奈子这才意识到自己是光着身子从浴室出来的,她慌忙跑向床边。

"你怎么突然来了?真是的!"奈奈子发着牢骚说道,"妈给我打电话了!"

"我就知道!"

"你知道什么啊!你跟男人私奔了?和谁啊?"

"私奔?我?"

"不是吗?"奈奈子连忙穿上 T 恤,"你不是给爸妈留了一张字条吗?"

"姐,你胖了啊!"久美抱着胳膊,看着奈奈子说道。

今天是周六,公司休息。

"你是故意今天来找我的,是吧?"奈奈子看着妹妹。

"那当然!"

久美一边说,一边拿起火腿蛋和烤面包片。

泷田奈奈子所住的公寓对面有一家咖啡店,这家店周六也提供"早餐套餐"——火腿蛋、烤面包片和咖啡,一共六百日元。

奈奈子经常到这里来吃早餐。

听到妹妹说"我快饿死了",她便带着久美来到了这里。

"真是的,吓了我一跳!"奈奈子悠闲地吃着烤面包片,"说吧,你和谁私奔了?他现在在哪里?"

久美笑着说:

"讨厌!那个小地方怎么可能有让我愿意跟他私奔的男人?"

"可是,妈说你留下了一张字条……"

"'我要和他过上幸福的生活',是吧?这又不是明确地指谁,我的意思是将来我会找到这样的人的。"

"什么啊……"奈奈子叹了口气说道,"那你得跟妈说明白啊……你这次来会待两三天,是吧?"

"我不回去了!"久美直率地说道。

"不回去?那你以后怎么办呢?"

"让我住在你这里吧!我会去找工作的!"

久美真是不拘小节!

"你也太任性了！"

"我就是任性啊！毕竟我是离家出走的！"

"你呀……爸被你气得不行！他会揍你的！"

"揍就揍呗！别把我打死就行！"

"久美……"

"你要是不收留我的话，我就去找一个包住的工作。反正我就一个人，总会有办法的！"

奈奈子很想说她"太天真了"，却忍住了。虽然她说得很轻松，但是从她的语气里，奈奈子能感觉到她的决心。

"我还想再喝一杯咖啡，可以再要一杯吗？"

"可以啊！"

久美叫来女服务员。

"再来一杯咖啡！"奈奈子看着服务员说道。

"再来一杯是需要另外收费的！"女服务员睡眼惺忪地提醒了一句。

"嗯，没关系！"

奈奈子发现，面向服务员的久美快速地抹了一下眼泪。

奈奈子心里想：久美，没想到你这次出来，竟然下了这么大的决心！

回想起来，奈奈子当年也是不顾父母的反对来到东京的。当然，她顺利找到了工作，还定期给家里汇生活费。

"姐姐都去东京了，我为什么不能去？"

久美这么想也是正常的。

在老家生活自有其好处。在东京生活多年，奈奈子见到了很多肮脏的东西，不过现在……

"好吧，"奈奈子说道，"你先住在我这里吧！找工作一定要谨慎，不能因为着急，就去一些乱七八糟的地方工作！"

久美的脸像突然被打开的白炽灯一样，瞬间亮了起来。

"姐，真的可以吗？"

"爸妈那边……我会打电话跟他们说的。你就先在这里待一阵子试试吧！"

"姐，我太爱你啦！我可以亲你一下吗？"

"别！别开玩笑了！"奈奈子的脸红了。

"可是……姐……"

"怎么了？"

"你这里平时有没有男人来过夜啊？"

"你说什么呢！"

"比如你的男朋友啊，或者有妇之夫啊……"

"没有！你明明知道我没有男人缘儿！你是不是在取笑我啊？"

"不是！我是在想，像我姐这么漂亮的人，怎么就没有男朋友呢？"

"你这丫头，就会说这些好听的！"

奈奈子不禁笑了起来。

二、花丛之间

"嗯,走吧!"久美点点头,"接下来去六楼的 F 区!"

"还要逛吗?"奈奈子叹了口气。

奈奈子在逛街这件事上是非常有自信的,特别是跟那些在城市里长大的女孩儿比起来,她的脚力绝不会输给她们。

可是,她却怎么也比不上现在的久美。久美第一次来到这个被称为"年轻人时尚潮流最前线"的购物中心。尽管如此,久美却对要去逛的店了如指掌:

"二楼的 M 区是首饰,三楼的 P 区是衬衫……"

"你怎么知道这么多?"奈奈子又惊讶又佩服。

"现在,只要有电脑和智能手机,就能什么都知道!"直爽的妹妹大大咧咧地说道。

久美就像蝴蝶一样,在花丛间飞来飞去。

当然,她基本上是只看不买,最多也就是买一些饰品和内衣等小物件。

在跟妹妹逛街的过程中，奈奈子才知道，妹妹是多么向往这些"现实"的东西。

奈奈子想：现在，她只是被这些东西迷了双眼，不过，每个女孩儿都会有这个时期吧！

"姐，你累了吗？"

久美停下脚步。

"有点儿累。"奈奈子点点头，"久美，为了纪念你来东京，我给你买件衣服吧！你自己选一件吧！"

"啊？真的吗？太好啦！"

奈奈子知道妹妹一直在盼望自己给她买一件衣服，这从她立即从货架上拿起了一条连衣裙就能看出来。不过，奈奈子并没有生气。

"购物实习"——这是久美的叫法——整整持续到了晚饭时间。

"今晚就去 Q 餐厅吃饭吧！"

不知不觉中，奈奈子也大方起来。

"啊？就是那个某明星在那里幽会被曝光的餐厅吗？太棒了！"

在奈奈子看来，知道这件事才真是"太棒了"！

这是一家意大利餐厅，在东京也算得上是高级餐厅了。当然，奈奈子并不是这里的常客。

她之前陪同 AB Culture 的总经理接待客人时来过。

此时，正好餐厅里有空桌，两个人就在装修奢华、充满欢声笑语的餐厅里坐了下来。

"我可以喝红酒吗？"

"当然可以，不过，你点一瓶价钱差不多的就行了啊！"

在这种餐厅里，所点的菜品加在一起往往还不如一瓶红酒贵。

久美大概也考虑到了姐姐的钱包，点菜时没有点太贵的菜。

"好吃！"久美吃了一口意大利面，"味道和老家车站前面那家饭馆的意大利面完全不一样！"

"好吃就多吃点儿！"奈奈子笑着说道。

奈奈子给老家的父母打了电话。他们虽然都很生气，但当他们得知久美在姐姐这里安顿下来时，似乎也放了心。

明天的事明天再说。

奈奈子也喝了红酒，微醺的感觉使她心情舒畅。

"嗯……"

久美低声哼哼着，不是因为吃得太饱、肚子难受，而是因为餐厅里甜品的种类太多了，实在不知道该选哪一个。

"姐，你选几个？"

"我选三个吧！"

"那我选四个！"

"这也要比吗？"奈奈子无奈地笑道。

甜品总算选完了，两个人都松了一口气。

奈奈子和久美用餐的桌子在餐厅大厅尽头的位置，桌子斜后方有三个单间。此时，其中一个单间的门突然被打开了，木门撞在墙上，发出"嘭"的一声。

店里的客人几乎都看向这边。

这时，一个年轻女人从单间里跑了出来。她穿着西服套装，用手帕掩着脸，边跑边哭。她径直跑向餐厅出口，想要离开这里。

接着，一个穿着西装的男人从那个单间里跑出来，追在那个女人的后面。

"喂，等等，美伽！"男人喊道。

可是，女人已经哭着跑出了餐厅。

男人似乎想去追她，但他可能是意识到客人们都在看着他，做出那样的举动有失体面，便回到单间里，关上了门。

"姐，刚才……"久美瞪圆眼睛，"在这种餐厅里，也会有女人哭啊！"

"这有什么好奇怪的！"

奈奈子虽然嘴上这么说，心里却有些纳闷儿：刚才那个男人，好像在哪里见过……哎呀，不想那么多了，这种餐厅可不是能经常来的！

服务员把甜品端来了，姐妹俩开始专心吃甜品。

一个像是餐厅经理的男人从她们的桌子旁边经过，走进刚才那个单间。

在关门的瞬间,奈奈子听到那位经理说:

"汤川先生……"

"啊……"她不禁叫了出来。

"姐,怎么了?"

"没事,没什么!这个布丁真好吃啊!"

"嗯,我也选这个了!选对了!"

"这个汤川不就是前些天我晚上下班时遇见的那个要去AB Culture 的男人吗?他叫汤川昭也,是 P 商社的董事。对,就是他!"

"我竟然在这里遇见他,而且,他还让一个女人哭了!"

奈奈子回想起前些天晚上的事。

说起来,在那之后,奈奈子也没听说他到自己所在的公司来过。距她上次见他,已经过去大概两周了。

和久美喝咖啡的时候,奈奈子看到汤川一个人从那个单间里出来,不慌不忙地走出了这家餐厅。

"他看起来像是一个职务很高的人呢!"久美说道。

"是啊……"

第一次见他时,奈奈子还觉得这个人挺不错呢!

哎呀,跟我有什么关系!奈奈子一边想着,一边喝完了杯中的咖啡。

"啊,好像做梦一样!"久美拎着包说道,"姐,我太爱你啦!"

"知道啦!你注意脚下啊!"奈奈子提醒道。

明天是周日,她们今天喝了那么多红酒,两个人应该都能睡到明天傍晚。

因为喝了红酒,奈奈子觉得脸上热乎乎的。从餐厅出来后,她们绕了一点儿远路,准备从公园里穿过去。

秋天已经过半,夜风微寒,但奈奈子觉得身心愉悦。

她们沿着公园宽阔的水池散步。天气有点儿冷,公园里连一对情侣都没有。

"姐,我……"

久美刚要说话,前方的水池边突然传来"扑通"一声。

"什么声音?"

两个人面面相觑。

这时,昏暗的水池里传来呼救的声音。

"姐!"

奈奈子定睛一看,一只白色的手从水里伸出来,拼命地扑打着水花。

"啊!"奈奈子吓得目瞪口呆。

"姐,拿着!"

久美把包推给奈奈子,脱了鞋,向水池跑去。

"久美!"

奈奈子喊久美名字的时候,久美已经纵身跳入了水中。

"你可别再吓我了！"奈奈子冲妹妹发牢骚。

"什么啊！"久美嘟着嘴。

"不过，我还是要夸你一句，你真棒！"

久美毕竟救了那个落水的女人，不能责备她！

"不真诚！"久美一边说，一边用浴巾擦着湿漉漉的头发。

救了公园水池里落水的女人，久美浑身都湿透了。

两个人报了警、把女人送上救护车后，便回到了公寓。

她们是坐出租车回来的。司机是个很善良的人，看到久美浑身湿透，他没有表现出一丝不快，听说久美救了人，还十分佩服她。司机对她们说：

"不用付钱啦！"

姐妹俩很感动，但还是坚持付钱给他。

"我们把坐垫都弄湿了，对不起！"奈奈子跟司机道歉。

"哎呀，座位上有塑料垫子，没关系！"

听司机这么说，奈奈子松了一口气。

"哦，对了，你以前做过泳池安全员啊！"奈奈子忽然想起了往事。

她怕久美感冒，回家后，她赶紧让久美去浴室泡澡。

"你暖和过来了吗？"

"嗯，我没事，放心吧！对了，你给我买的连衣裙没事吧？"

"你还在担心这个啊！"奈奈子无奈地笑道。

"那个女人是成年人,救起来还是挺费劲儿的,我做泳池安全员的时候,学的是救小孩儿。"

"不过,她好像没喝太多水。"

她们把后面的事情都交给了救护队员。她们不用陪着那个女人去医院。

"姐……"久美穿着睡衣坐在沙发上,"那个女人是不是从餐厅里哭着跑出去的那个人啊?"

奈奈子冲了杯咖啡,端了过来。

"你也觉得她就是那个人吗? 不过,公园里太黑了,我不是很确定……"

"她穿的衣服和餐厅里那个女人的衣服是同一个牌子的!"

"你看得可真清楚!"奈奈子无奈地笑道。

"可能是那个男人要跟她分手,她才跳到那个水池里去的吧……"

"可是,既然她是去寻死,为什么还要呼救呢?"

"嗯,这倒也是……"

"当然,也可能是这样——她稀里糊涂地跳进水里后,立刻后悔了,又慌慌张张地呼救。"

"也许她是不小心掉进去的,"久美微微歪着头,又加了一句,"说不定她是被别人推到水里去的!"

"喂,别说这种吓人的话!"奈奈子皱着眉头说道,"我认识那个男人!"

"啊？"久美睁大了眼睛，"你们是三角恋吗？"

"我可没这么说！那个男人姓汤川，是 P 商社的董事！"

"啊，他那么年轻就这么厉害了！"

"我不知道他多大年纪，不过，他看上去确实很年轻！"

"可是，P 商社是一家大公司吧？你怎么会认识那家公司的人呢？"

"也不是很熟悉，只是工作时见过一面而已。"奈奈子敷衍道。

她觉得这件小事不需要跟妹妹细说。

"先不说这些事了，明天你打算做什么？先定一下明天几点起床吧！"

"明天当然是去迪士尼啦！"

"啊？你是认真的吗？"

"我开玩笑啦！明天我要一直睡到中午，起床之后再想去哪里玩！"

"你吓了我一跳！我还以为咱们要周末去迪士尼排长队呢！"奈奈子伸了个懒腰，"我也泡个澡吧！"

当她泡完澡出来时，久美已经酣然入梦了——在奈奈子的床上。

奈奈子只能睡沙发了，但是她好久没有和妹妹一起住了，奈奈子觉得非常开心。

三、午后惊魂

奈奈子本打算睡到中午,听到手机响,她睁开眼睛一看,已经下午三点了。

"啊!喂?"她从沙发上爬起来,"好疼……"

"怎么了?你上年纪了吗?"

电话那边传来同事中尾琉璃的声音。

她比奈奈子小三四岁,长得很年轻,她的性格活泼开朗,这使她显得更加年轻了。

"我昨晚在沙发上睡的,所以才这样!"奈奈子解释道。

"啊,你是不是和男人在沙发上缠绵,然后直接就在沙发上睡了?"

她说话的口气和久美很像。

"才不是呢!我的床被我妹妹霸占了!"

奈奈子把妹妹突然来东京的事告诉了她,然后问她:

"你找我有什么事啊？"

"哦，对了，我差点儿把重要的事给忘了！哎，我听到一个机密情报！"

"什么机密情报？"

"嗯……"她刚要说却又改变了主意，"现在我的旁边有熟人，不方便说。你能出来吗？"

"去哪里？我已经起来了。"

"待会儿咱们去吃一顿迟到的午餐吧！我等你啊！"

她们约在一个购物中心见面，那里距离奈奈子的公寓约有二十分钟的路程。

"好！可是，到底是什么机密情报呢？你别故弄玄虚了！"

"暂时保密！不过，你最好今天知道这件事！"

"什么意思？"

"见面再说！我等你啊！"

"琉璃！喂？"

电话已经挂断了。

"到底是什么事呢？"

奈奈子虽然感到纳闷儿，但她知道中尾琉璃不会乱说话。她们在一起工作了这么久，奈奈子很相信琉璃。

奈奈子从琉璃的话中听出，她要说的应该是一个大新闻，但新闻的内容具体是什么，奈奈子完全没有头绪。

"噢——"

伴随着狮吼般的哈欠声，久美从卧室里走了出来。

"你起床了？要洗澡吗？"

"早啊！姐，你怎么睡在这里？"久美看到沙发上有枕头和毛毯，惊讶地问道。

"你呀……我只能睡在这里了！你在床上睡成了一个'大'字，哪有我容身的地方呀！"

"哦，是吗？"久美不慌不忙地点了一下头，"你跟我说一下嘛，我就在这里睡了！"

"我踢你都踢不醒啊！"

"啊？你踢我了吗？"

"我只是打个比方！我怎么可能踢你！你快点儿收拾一下吧！"

"早饭怎么办？"

"都下午三点啦！"奈奈子无奈地说道。

"东京人就是多啊！"久美走进购物中心后感叹道，"跟老家那一家超市完全不一样！"

"根本没法儿比啊！"

奈奈子给中尾琉璃打了个电话。

"啊，奈奈子，我遇到一个人，你能等我一下吗？"

"嗯，我在哪里等你呢？啊，大厅那里有个 S 咖啡店，我们去那里等你吧！我和我妹妹在一起。咱们去那里吃点儿甜品吧！"

"好，我十分钟后过去！"

奈奈子和久美走进了 S 咖啡店。这是一家提供自助服务的咖啡店。奈奈子让久美坐下，自己去买饮品和三明治——这是久美点的。

奈奈子用托盘端来食物时，久美站起来说：

"我去趟洗手间。"

"出咖啡店的门去大厅，往右边走一点儿就是洗手间。"

奈奈子往自己的拿铁里加了一点儿糖，慢慢地喝着，接着拿起一块三明治。

她决定和琉璃见面之后，和她一起去银座。

"不要下雨啊……"

窗外的天空被阴云笼罩着。当然，在购物中心里面感觉不到外面的天气变化。

奈奈子的手机响了，会是谁打来的呢？

"喂？"奈奈子接听了电话。

"请问是泷田奈奈子小姐吗？"一个女人的声音在耳边响起。

"嗯，我是……"

"我是 M 医院的滨口。"

M 医院？奈奈子不记得自己去过那里。

"请问您找我是……"

"你们昨晚救了一个落水的女人，然后叫了救护车，是吧？"

"啊……是的！"

"我向急救人员要了你的手机号码。"

"这样啊……"

昨晚确实有人跟奈奈子要联系方式,她便说了自己的手机号码。

"那个女人把水吐出来了,已经没事了!"

"那太好了!"

"请问您认识她吗?"

"您是想问我是不是她的朋友,对吗? 我不是,我不认识她,完全不认识……"

"是吗?"这位姓滨口的女医生用很遗憾的口气说道,"她身上什么证件也没有,我们联系不上她的家人。"

"你们直接问她不就行了吗?"

"能问出来的话我们肯定会问的,她好像受了很大的刺激,失忆了!"

"啊?"

"她连自己的名字都想不起来了,所以我就给您打了电话。"

"啊……"

"不好意思,突然打扰您!"

"没事……希望她早点儿恢复记忆!"

"嗯,希望她只是暂时性失忆! 谢谢您,打扰了!"

女医生的语气干脆利落,给人一种十分干练的感觉。

"还有这种事啊……"奈奈子一边感叹,一边把手机放进包里。

"姐!"奈奈子回头看去,吓了一跳,只见久美脸色煞白地站在那里。

"怎么了?"

"有人倒在地上,流了好多血!"

"你说什么?"

"在女洗手间……现在那里很混乱……"

奈奈子站了起来,看到大厅旁边的洗手间门口聚集了很多人。

"你在这里等着,我去看一下!"奈奈子连忙跑了过去。

一些年轻女孩儿们聚集在女洗手间门口。

奈奈子问那些女孩儿:

"叫人了吗?"

没有人回答她。

"人在里面,是吗?"

奈奈子从洗手间门口往里边看去,顿时大吃一惊。

一个穿西服套装的女人脸朝下趴在地上,她的身体下面是一摊鲜红的血!

"天哪!"

奈奈子不禁倒吸一口气——她见过这套衣服!

"不会吧……琉璃……"

奈奈子战战兢兢地走过去,轻轻地看了一眼那个女人的脸。

"琉璃……"

她十分熟悉的琉璃倒在地上,半张脸浸在血泊中,睁着空洞的双眼!

"怎么会发生这种事?"

到底发生了什么?

奈奈子从女洗手间向大厅的方向喊:

"帮帮忙!帮忙叫一下工作人员!快点儿!还有救护车!"

一名保安跑了过来。

这真是一个让人震惊的周日!奈奈子这么想着,眼泪不自觉地掉了下来。

"姐……"久美迟疑地叫道。

"怎么了?"

久美慢吞吞地开口说:

"我……"

"嗯?"

"这样可能对你死去的朋友不太好……可是,我饿了……"

妹妹这么一说,奈奈子也感觉到饿了。

"是啊……现在已经是晚上了。"

那件事情发生的时候,奈奈子正在购物中心里,刚拿起一块三明治。

奈奈子的同事——AB Culture 的中尾琉璃在女洗手间里被

人用刀杀害了。

琉璃是要来告诉奈奈子"机密情报"的,可是,在说出这个"机密情报"之前,琉璃就被人杀害了。

可是,AB Culture 只是一家生产文具的企业,琉璃应该不可能因为工作的事被杀。

不过,因为奈奈子和久美当时正好在案发现场附近,而且身为同事的她,刚好约了琉璃见面,所以奈奈子和久美也跟警察一起去了警察局。

"你们和被害人是什么关系?"

"你们因为什么事要和她见面?"

"被害人在见奈奈子之前见到的人是谁?"

"你们身边有对中尾琉璃怀恨在心的人吗?"

……

能回答的问题她们都回答了,回答不了的便没有回答。

总之,她们就是实话实说。警察似乎也通过现场的人了解到,奈奈子和久美并不是凶手,所以也就没有继续盘问她们。不过,她们离开警察局的时候已经是晚上了,两个人都累得精疲力竭。她们乘出租车回家,快到家时,才想起来"肚子饿了"这回事。

两个人在快到公寓的地方下了车,走进一家家常菜馆。

"我吃什么都行……"久美说道。

"你这么说,我怎么点啊?"

最后，她们点了"今日套餐"，连里面有什么菜都没问。

"哎呀……她好可怜啊！"久美叹息道。

"谢谢……"

"谢什么？"

"你不认识琉璃，还这么同情她……"

"她多大？"

"你说琉璃吗？她可能三十二三岁吧。"

"她看起来比实际年龄年轻。"

"她很会打扮，衣服和妆容都很讲究，她的性格也很好！啊……我给她父母打电话时真是太难受了！"

琉璃也是从小城市来到东京的，一直过着独居生活。奈奈子几年前曾和她一起旅行，去她家住过，因此认识她的父母。

不到十分钟，服务员就把套餐端上来了，两个人默默地吃着。

吃完饭，她们的精神状态好多了。

有一件事奈奈子比较在意——她没有跟警察提起琉璃说的那个"机密情报"的事，即使提了，她也完全不知道那个"机密情报"是什么。

而且，从琉璃在电话里的语气来看，那应该也不是个能引起杀人事件的重大情报。

"算了，就这样吧！"

不过，明天到了公司，中尾琉璃的死讯可能全公司都知道了,如果大家知道最先知道这件事的是她和久美,肯定会问她很多问题吧!

　　只是这样想想,她就觉得头疼。

四、意料之外

奈奈子出了地铁站，看到前面不远处有一个熟悉的背影，那个人正在微微低着头走路。

"林哥！"奈奈子叫道，可是那个人却没有反应。

奈奈子快步追上去：

"林哥，早啊！"

"啊……泷田啊！"他总算发现了奈奈子，"早啊！"

他的声音小得几乎听不见。

"林哥，你听说那件事了吗？"

奈奈子看他的样子就知道，他已经知道那件事了。他平时总是一副很疲惫的样子，今天早上的他更显疲惫。

"嗯……"

"琉璃的事真是让人难以置信啊！"

"真是不敢相信……昨晚我在电视新闻上看到琉璃出事了，

我太震惊了！接着，我就收到了公司的邮件！"

林克彦快四十岁了，他也是 AB Culture 的员工，在总务部工作。中尾琉璃平时总是让他帮忙做很多杂事，可能是因为他很爽快且很好说话吧。

"那么好的一个人……太过分了！"他眼泪汪汪地说道。

奈奈子看到他这个样子，感到一阵揪心。

林克彦是个跟"精英""成功"这些字眼儿毫不沾边儿的男人。他单身，头发稀疏得像五十多岁，再加上他不善言辞，大家从来没听说他和哪个女人交往过。

他本来在销售部，可是那里的工作完全不适合他。就在他快被解雇时，正好总务部有人辞职，于是他就被调到了总务部。

他对自己的境遇没有丝毫怨言，默默地在总务部处理各种杂事。奈奈子很欣赏他这一点，有时还和琉璃叫上他一起吃午饭。

他为琉璃的死感到震惊也是理所当然的。

"凶手一定会落网的！"

奈奈子说着算不上安慰的话，和他一起走进了 AB Culture 公司的办公楼。

公司里与往常不同，大家都在安静地工作。上午十点，公司的广播突然响起。

"公司全体职员请注意！请大家立即到大会议室集合！"

奈奈子很惊讶,进公司这么多年,她还是第一次听到公司的广播。

"科长,出什么事了吗?"有人问道。

"我也不知道!"科长绷着脸说道。

中尾琉璃的事大家当然都知道了,但是那也没有必要集合全体员工吧!

"什么事啊?"

大家一边嘀咕,一边陆陆续续地向大会议室走去。

说是"大会议室",其实那间会议室并不算很大。

会议室里虽然有一些折叠椅,但还是数量不够,没法儿让大家都坐下,于是奈奈子便在墙边站着。

过了一会儿,总经理的女秘书对大家说了一句:

"总经理很快就来,请稍等!"

五六分钟后,总经理朝井走进了会议室。他总给人一种煞有介事、装模作样的感觉。

在他后面走进来的,竟然是那个 P 商社的汤川,这让奈奈子惊讶不已。

"辛苦了!"朝井说道,"大家听好,这件事已经定下来了,请大家做好心理准备!"

奈奈子有种不祥的预感,大家不安地面面相觑。

"从今天开始,AB Culture 就是 P 商社的子公司了!"

片刻的沉默之后,朝井干咳了一声说:

"这些年，我们AB Culture的经营状况很不好。我不希望这家从父辈传下来的公司倒闭。我和P商社谈了这件事情。为了让公司生存下来，我尽了自己最大的努力！"

在场的员工应该都是第一次听说这件事，从朝井旁边的董事和部长们惊慌失措的表情就可以看出这一点。

"在这件事上，这位P商社的汤川董事为我们提供了非常大的帮助！"

所有人都看向年轻的汤川，他正在面无表情地看着手机。

"他就是P商社的董事吗？"

"好年轻啊！"

大家议论纷纷。

"汤川先生，请您讲几句吧！"

听到朝井这么说，汤川把手机放进口袋里。

"如各位所知，P商社是一家很大的企业。"汤川说道，"AB Culture将以什么方式继续经营下去，我们接下来会具体讨论。"

看来一切还都没有确定。

"不过，大家不用太担心，"汤川突然用平易近人的语气继续说道，"我希望这家公司以后不会再被称为'XYZ公司'！"

大家笑了起来，朝井也有些惊讶。

奈奈子发现，汤川正在看着自己。

午休时，奈奈子叫上林克彦，去了那一家他们以前和琉璃经常去的意大利餐厅。

"这真是让人震惊啊！"林克彦喝了一口水说道，"当然，我是说中尾的事。"

"我知道！"

奈奈子点了点头。

早上公司里的同事都在谈论琉璃被杀的事，然而在早上那个会议之后，大家似乎都忘记了琉璃的事。

"不管公司怎么改变，跟我这种最底层的员工都是没有任何关系的。"林克彦说道，"不过……要是有人员调整，要裁员的话，我就很危险了！"

"这种事，担心也没用啊！"奈奈子说道。

"嗯，是啊！"

直到吃完意大利面，他们都没有再说起琉璃的事。

吃完饭后，他们点了咖啡。

"琉璃的父母那边是我联系的。"奈奈子说道，"在公司同事里，最早发现琉璃被杀的也是我。"

"什么？"林克彦睁大了眼睛。

奈奈子简单解释了一下。

"凶手是谁，你还不知道，是吧？"

"嗯，我肯定不知道啊。她想告诉我的事还没跟我说。"

"是吗？"林克彦垂下眼睛说道，"泷田……"

"怎么了？"

"你要是知道凶手是谁,一定要告诉我!我要狠狠地揍他一顿!"

他的声音里充满了愤怒,这在平时是很少见的。

林克彦把手放在桌子上,奈奈子将自己的手放在了他的手上。

"等守夜和告别仪式的时间确定了,他们会联系我的!"

"嗯……我一定会去的!"林克彦无力地说道。

奈奈子的手机响了。打电话的人会是谁呢?

"喂?"

奈奈子接听了电话。

"啊,'XYZ'小姐!"

是汤川的声音。奈奈子给过他名片,所以他知道她的手机号码。

"你好……"

"今天的事,你很惊讶吧?"

"嗯,是有点儿……"

"你不用担心,不会对你有什么不利的影响的!"

"谢谢!"

其实奈奈子更在意那一家餐厅里发生的事。

因为琉璃的事,奈奈子都快把那件事忘了。那个跳进水池后失忆的女人,是汤川的女朋友吗?

"我……"奈奈子轻轻地说道,"我有一个关系很好的同事突然去世了,所以,我心里很难过……"

"我听说了,我很同情她!"

"啊……"

奈奈子发现林克彦正在惊讶地看着自己。

"下次一起共进晚餐吧!"

汤川竟然在约奈奈子!

"可是……您和员工之间最好不要这样吧……"

"没关系,反正我又不是你在公司里的上司。"

"那倒是……可是……"

"我稍后再联系你!你找一天晚上,给我空出时间来吧!"

"啊……"

"方便的话,一整晚也可以!"

"这……"

"你不用着急,不过,现在这个时代,一直慢悠悠地等下去也是不行的!"

没有答应,也没有拒绝,奈奈子就这样结束了通话。

"是你的朋友吗?是个男的吧?"林克彦问道。

"嗯,是今天来公司的那个 P 商社的汤川。"

"是那个年轻的董事?你认识他?"

"也算不上认识,只是见过一面而已。"

奈奈子耸了耸肩,喝了一口咖啡。

"你这么优秀,裁员肯定不会裁你!"

"我？谁知道呢……不过，要是被裁员可就惨了！"

是的，她现在还要照顾妹妹久美，要是没有收入了……

先和汤川一起吃顿晚饭倒也不是什么坏事。奈奈子这样想着。

"辛苦了！"林克彦说道，"有什么需要帮忙的，尽管跟我说啊！"

"没关系，人手够了！"奈奈子说道。

中尾琉璃的灵前守夜在殡仪馆举行。

晚上，风越来越冷。

"把接待台搬到屋里吧！"殡仪馆的工作人员走过来说道。

奈奈子是今晚的接待人员之一。

搬桌子时，林克彦连忙跑过来帮忙。

"谢谢！"奈奈子说道，"烧香仪式还没开始吗？"

"刚刚开始。"林克彦摇摇头，"看着她父母难过的样子，我太难受了！"

"是啊！正因为这样，我才没进去，在这里负责接待！"

虽然这里设置了接待台，但中尾琉璃太年轻了，来东京的时间不长，在东京的熟人还不太多，很快，奈奈子他们也离开接待台，进去烧香了。

琉璃的父母精神恍惚地坐在那里，奈奈子烧完香后，对他们行礼，他们似乎也没有察觉。

他们只是看着遗像，泪流满面。

奈奈子用手帕擦着眼泪，回到了接待台。

奈奈子想：应该不会再有人来了吧？

就在这时，两个披着外套的男人走了进来。

"请问中尾琉璃的守夜是在这里吗？"

"是的。"

"我们是警察。"男人说道，"你是她的同事？"

"是的。"

"你们公司有一个叫林克彦的人吗？"

奈奈子很惊讶，有些不知所措。

"嗯，有。"

"他现在在这里吗？"

"是的，在里边。"

"叫他出来一下。"

"好的。"奈奈子往屋里看了一下，回复警察道，"不过，现在大家正在烧香，林克彦也在那里排队，请等一下，很快就好！"

"知道了。"警察点点头道，"烧完香后，让他到这里来吧！"

"好的。"

警察找林克彦干什么？这是怎么回事呢？

奈奈子看到林克彦烧完香，便走了进去。

"林哥！"她低声叫住准备回座位的林克彦，"你能来接待台一下吗？"

"怎么了？"

"嗯……有警察找你……"

"啊？"林克彦一脸困惑，"找我干什么？"

"我也不知道……他们在接待台那里等你呢。"

"我知道了。我的外套在椅子那边，我去拿一下。"

"嗯。"奈奈子回到接待台，对警察说道，"他马上就来。"

她回头看去。

然而，林克彦并没有出来，奈奈子很纳闷儿。

"你跟他说我们来了吗？"警察问奈奈子。

"嗯……我……"

"他跑了！"警察尖声喊道，"搜里面！"

一个人跑了进去。

"林克彦在哪里？"警察大声喊着，向守夜的座位冲过去。

奈奈子看得目瞪口呆。

五、投石问路

"那么,你一直在警察局,是吗?"久美问奈奈子。

"嗯,我都累瘫了!"

奈奈子连守夜穿的黑色套装都没脱,就直接瘫倒在沙发上。

"这可真是一场灾难啊!"

"嗯……可是,林克彦为什么会……"

"是他杀了琉璃吗?"

"怎么可能? 他那么老实,那么善良……"

当然,奈奈子也不是小孩儿,她也知道,再老实的好人也可能动怒,也可能因仇恨而杀人。

可是,林克彦怎么可能……

警察反复跟奈奈子确认,琉璃是不是在和林克彦交往。

奈奈子对此毫不知情。她和琉璃关系那么好,而且都是女人,如果她正在和林克彦交往,她不可能不知道。

警察对这个回答并不满意。

他们说奈奈子"让林克彦逃跑了",责备了她好几次。

奈奈子反复解释自己并不是故意的,才总算被他们放了回来。

可是,此时快要深夜十二点了。

林克彦终究还是躲起来了。这到底是怎么回事呢?

"没事吧?"久美问道。

"饿死我了……"奈奈子叹了口气。

她换了衣服,带上钱包,和久美去了附近一家24小时营业的家常菜馆,总算吃上了饭。

她们填饱了肚子,正喝咖啡的时候,奈奈子的手机响了。

"喂?"奈奈子来到饭馆外面接了电话,"是林哥吗?"

"对不起啊,给你添麻烦了!"林克彦说道。

"哎呀,你为什么跑了呢?你又没和琉璃谈恋爱,是吧?"

"嗯……我……我有前科。"

这句话太出人意料了,奈奈子张口结舌。

林克彦接着说:

"我入职时也隐瞒了这件事。那是我十几岁时的事……"

"你干什么了?"

"我在十七八岁的时候误入歧途,加入了飙车党。"

"啊……"

"那次飙车党内斗……两派的头儿要单独决斗,其中一个是我。我们约定徒手决斗,可是,关键时刻,那个人拿刀砍了过来。他砍伤了我的胳膊,激怒了我……我在跟他抢刀的时候,把他给砍了……他没死,但受了重伤,一辈子都没法儿走路了……我坐了两年牢。"

"但是你改过自新了啊!"

"只要有过一次前科,就会被这个社会边缘化。后来,AB Culture 收留了我,我总算过上了可以隐瞒过去的生活。在公司里,我一直尽量做一个不显眼的人。正因如此,我被销售部踢了出来,我想这样也挺好,可是……"

"警察调查到你有前科了,是吗?"

"他们会认定我就是凶手的,我当时很害怕……对不起!"

"我倒是没事……可你怎么办?"

"我现在想办法躲起来了,但是,估计也躲不了多久。"

"你躲起来反倒会被警察怀疑!林哥,你还是去警察那里,跟他们说那件事不是你干的吧!"

"没用的,他们已经认定我就是凶手了!他们会连续好几天不让我睡觉,一直审讯我,直到我招供……泷田,我只希望你能相信我!"

"我相信你,林哥!"

"谢谢!你对我的信任,我永远不会忘记的!"

"等等!林哥,你听我说……"

奈奈子正要说下去,却又停住了。

林克彦已经挂了电话。

"唉……"奈奈子叹了口气。

她回到饭馆,坐了下来。

"怎么了?"久美问道。

"嗯……"

奈奈子把林克彦的事告诉了久美。

"那他就不是凶手了?"

"我相信他说的话。可是,我相信也没用啊……"

此时的奈奈子已经疲惫不堪,只想睡觉。

看到姐姐疲惫的样子,久美想道:明天再说吧!

她想跟姐姐说的话实在难以启齿。

她不能一直游手好闲,久美不想一直依赖姐姐。

"必须出去找工作了……"

虽然姐姐说过"我帮你找个好工作",但既然是她自己下定决心离家出走的,工作就要自己去找。

当然,在网上找工作也可以,但是,靠不靠谱儿就不知道了。

今天,奈奈子对久美说:

"我今天晚上要守夜,很晚才能回来,你自己去吃点儿东西吧。"

于是,久美在傍晚的时候出了门,去了市中心。

虽然久美对自己说"不能乱花钱",但她还是被一家高级餐厅所吸引,恍恍惚惚地走了进去。

她自己一个人在这种餐厅吃饭!

不过,这种体验还挺刺激的!

久美怕点菜时看花了眼,便点了"今日套餐",还点了一瓶红酒。

是的,她以后要一直在东京生活了,必须要提前适应这种环境。

久美换了一种舒服的坐姿,开始环视整个餐厅。

可能因为现在还不到晚饭时间,餐厅里只有一半的座位上有客人。

小吃拼盘来了,一眨眼的工夫,久美便将其一扫而光,她又喝了一口红酒。

"好喝!"她自言自语道。

等汤的时候,久美看到餐厅门口有几个人,他们在跟餐厅的工作人员说着什么。

"怎么了?"久美有些纳闷儿。

过了一会儿,汤来了,久美开始慢慢地喝起汤来。这汤的味道值得细细品味。

"小姐,您好!"

突然,有人在她的身边说话。

"啊?"

久美过了一会儿才意识到有人在跟自己说话。

一个穿着黑色西服、戴着黑色领结的男人站在她的旁边，他看起来像是这家餐厅的经理。

　　"打扰您用餐了！"

　　"有什么事吗？"

　　"是这样的，电视台想采访餐厅的顾客……现在时间还早，我还以为他们过一会儿才来呢……给您添麻烦了！"

　　"啊，是这样啊！没关系！"

　　"谢谢您的理解！另外，我有一个冒昧的请求，电视台说想要拍一些顾客用餐的镜头……"

　　"要拍我吗？"久美有些不知所措。

　　这时，一个穿着花哨外套的男人走了过来。

　　"抱歉，打扰啦！"男人亲昵地说道，"哎呀，我一直觉得，要宣传这家餐厅，一定要采访特别可爱的顾客，这样制作出来的节目才符合这家餐厅的气质！小姐，可以配合我们一下吗？你吃你的就行，我们在旁边拍摄！"

　　久美愣住了，还没等她回答，一位摄像师就扛着大大的摄像机来到她的面前，把镜头对准了她。

　　"很快就好！可以吗？好吗？"

　　说不上好，也说不上坏。久美突然觉得他很好笑，一下子就笑了出来。

　　"啊，你的笑脸太棒了！你是模特儿吗？"

　　"怎么可能？别开玩笑了！"

她终究还是被拍了。

而且，说好的"你吃你的就行"，可是拍的时候，却变成了"啊，请把脸抬高一点儿！对！对！下一道菜是什么？牛排？好，那就拍牛排吧！把发型整理一下……"

各种要求纷至沓来。

久美虽然有点儿难为情，但这种体验也很"东京"，所以，她也觉得很有趣。

久美总算在食不知味的状态下吃完了主菜。这时，不知从哪里走出来一位女记者，开始介绍这家餐厅，久美终于可以不用对着镜头吃甜品了。

"哎呀，太感谢了！"男人放下一张名片说道，"今天录制的节目在明天晚上播放，请一定要收看啊！"

"哦……"

电视台的人像来的时候一样，又急急忙忙地走了。

久美松了一口气。

"抱歉啊！"

餐厅的工作人员跟久美道歉的时候，刚才放下名片的那个男人又回来了。

"又来打扰你，不好意思啊！"

"啊？"

"把你的联系方式告诉我吧！"

"啊？"

久美惊讶地睁大了眼睛。

回到公寓后,奈奈子冲了个澡,很快便入睡了。

久美心里总有些不安,当时她什么也没想,就把自己的名字和手机号码告诉了那个电视台的男人。

"不过,应该也不会有什么事吧。"久美嘟哝着,从包里取出那个男人的名片,"N 电视台制作人砂川良治。"

久美在想要不要把名片扔掉,纠结一番之后,她还是把名片放回了包里。

当然,她可能再也不会看这张名片了。

"请问滨口医生在吗?"奈奈子在护士站问护士。

"请问您是哪位?"

"我是泷田,滨口医生说要见我。"

"啊……"

这是奈奈子她们救的那个落水女人所住的 M 医院。

奈奈子接到了女医生滨口泰子的电话,女医生说"有事要商量一下"。

对奈奈子来说,这只是偶然的相助而已。

下班后,奈奈子顺便去了 M 医院。

"请您稍等!"

不知为何,护士竟然站了起来。

过了一会儿,一位穿着白大褂的女医生来了。

"我是滨口……"

"我是泷田,您给我打了电话……"

"你是泷田?"滨口医生惊讶地看着她。

"是啊……"

奈奈子拿出名片,递了过去。

"啊? 这是怎么回事?"

"怎么了?"

"一个叫泷田的人傍晚时已经来过了……"

"什么?"

"她把那个落水的女人带走了!"

"啊……"奈奈子一脸愕然,"用我的名字?"

"嗯,她说她叫泷田奈奈子……这是怎么回事?"

"住院那个人的名字以及其他信息,你们已经知道了吗?"

"不知道……不过,自称是泷田的那个人说,她已经知道了那个住院的人的身份。"

"啊……"

经过这番对话,滨口医生才知道,眼前的人才是真正的泷田奈奈子!

"怎么办?"滨口医生脸色发青,"怎么会有这种事?"

有人冒充奈奈子,把那个女人带走了!

这件事过于蹊跷,奈奈子也惊讶得不知该说什么。

"那您要和我商量的是……"

听到奈奈子的话，滨口泰子点了一下头。

"我是想找你商量一下，怎么帮助那个人恢复记忆。"滨口泰子说道，"我想问问你救她时的详细情况，某些细节可能就是线索，能帮她找回记忆！"

可是，那个女人被冒充泷田奈奈子的女人带走了。

"那个女人的样子……当时正是医院最忙的时候……"滨口泰子摇摇头，"现在想想，是我太大意了！我应该好好确认一下她的身份……"

奈奈子在 M 医院的治疗室里听着滨口说这些话。

那个女人冒充泷田奈奈子，说她知道了失忆女人的身份。

"我当时在门诊和治疗室来回忙活，只是听护士说了这件事。来接人的那个女人，我只看了一眼，我只看到了她带患者走时的背影……"

"她肯定是故意趁着您最忙的时候来的！"奈奈子推测道。

"可能是吧！这是我的失职！"

"哎呀，这……谁也不会想到有人冒名顶替来接人啊！"

"谢谢你！"滨口泰子说道。

"不过，冒名顶替这种事可不是小事啊！"奈奈子说道。

"嗯，这是犯罪！我们要按拐骗案去报案吗？"

滨口泰子应该也不希望 M 医院卷入丑闻。

"这个我也说不好……我虽然挺担心她的，但以目前这种情况，估计警察也不会管吧！"

奈奈子觉得,现在只能先看看情况再说了。

"有什么事随时联系我!"

滨口泰子把自己的名片递给奈奈子。

这是私人名片,奈奈子看到名片上的住址就在她所住的公寓的附近。

"有时间我一定去拜访您!"

她们寒暄了一阵,奈奈子便离开了 M 医院。

六、天降工作

"啊,我真的上电视了……"久美放下了手里端着的咖啡,"姐,快看电视!"

"啊?怎么了?"

奈奈子正坐在沙发上发呆,听到久美的声音,她回过神儿来,看向电视。

"那个是你?"

电视画面上的久美在一家餐厅里吃牛排。

"嗯!"

"你怎么会上电视?"

听了久美的解释后,奈奈子很惊讶。

"抱歉,我没跟你说!"

"没关系,不过,这下子很多人看到你了啊,久美!"

"是啊!这下子我有一点儿自信了!"

久美如释重负，她本以为姐姐会说她太膨胀呢！

当然，这个节目的目的是介绍那家餐厅，所以，电视里播放的主要是女记者采访主厨的画面。

久美只是偶尔露脸，但她感到很满足。

"你竟然自己去这种餐厅……"奈奈子无奈地笑道，"至少要和一个男人一起去啊！"

"是啊！"久美笑着说道，"也许我一个人去比和你一起去更好！"

"为什么？"

"因为咱们有可能被别人看成是母女啊！"

"你这丫头！"奈奈子瞪了久美一眼。

说实话，比起妹妹上电视这件事，奈奈子现在想得更多的，是那个从医院消失的女人。

把她带走的人冒用的是奈奈子的名字，这说明，她知道是奈奈子和久美救了那个女人。

可是，她怎么会知道这些呢？

还有，她是出于什么目的把那个女人带走的呢？

奈奈子有种不祥的预感。

"啊，又出来了！"

那个人又不可能是妖怪……

电视上又出现了久美吃东西的画面。

久美当时没有注意到摄像机拉近了镜头，整个画面都是久美享受美食的表情。

"你的食欲可真好啊！"

"确实是这样！"

节目结束后，久美又看了一会儿其他频道。

"啊，电话……"

久美的手机响了。

"是谁呢？喂？啊，你好！"久美吃惊地眨了眨眼，"嗯，看了，好像另一个人似的……"

奈奈子想：看来，这个电话是刚才那个电视节目的制作人员打来的。

"啊？是吗？嗯，好的，我会去的……再见！"

看到久美在发呆，奈奈子问：

"怎么了？"

"来电话的是刚才那个采访餐厅顾客的电视节目的制作人……N电视台的砂川先生！"

"那个人说什么了？"

"他问我要不要去N电视台工作……他说明天可以先去台里玩玩。"

"啊？我怎么觉得这件事有点儿可疑呢？他是不是对你有什么企图啊？"

"应该不是吧……"

久美自己也不确定。

"他突然让你去电视台？还有这种事？那你就去吧！明天几点？"

"他说明天傍晚之后，他都有时间。"

"我这个姐姐也要一起去！"奈奈子挺着胸脯说道。

"我是她姐姐。"奈奈子对砂川说道，"谢谢您对我妹妹的关照！"

"哎呀，你好！"

这是一个三十五岁左右的有点儿自来熟的男人。

"我们自作主张拍了你妹妹，抱歉啊！不过，昨晚的节目评价非常好，还有人问那个吃东西的女孩儿是不是女主播呢！"

"实在不敢当！"奈奈子说道。

奈奈子也是第一次来电视台，第一次见到"活的"制作人。不过，之前跟公司参加一个活动时，她得到过电视台的协助，也见过电视台的人。

那时候，她觉得在电视台工作的人"既能说会道，又温和亲切"，心里很是佩服。

不过，他们的言行却有些轻浮，让人觉得他们并没有在认真说话。

"请问您找我妹妹是……"

"哎呀，我们绝对不会强人所难！这个节目每周都会去各种西餐厅和料理店拍摄外景，如果只拍做好的菜就没什么意思了。

上次你妹妹出镜,节目大受好评,所以,在以后的节目中,我们也想播出她品尝美食的样子!"

这个叫砂川的男人看起来还挺认真的。

久美默不作声地坐在奈奈子的旁边。

"可是,我妹妹只是一个外行人,你们请明星来拍摄不是更好吗?"

"那可不行。用明星拍摄的话,观众会怀疑美食味道的真实性。当然,我们不希望这个人说'很难吃',但如果不管吃什么都夸张地说'太好吃了',谁也不会相信这是真的!"

"这个我明白……"奈奈子看着久美说道,"你是怎么想的呢?"

虽然姐妹俩相差十一岁,但久美毕竟也是二十五岁的成年人了,奈奈子不能代替她做决定。

"我……要是能吃到美食,我倒是可以试试……"

"这可是工作哦!不是光在那里大吃特吃就可以的!"

"嗯,我知道……"

奈奈子知道,久美非常渴望去做这份从天而降的电视台的工作。

"我妹妹正在找工作,在她找到正式工作之前,在这里做一下兼职倒是可以……"

"那太好了!下次拍摄就在后天。久美小姐……对吧?请您一定要参加啊!"

久美缓缓地点了点头。

砂川带着她们在电视台里参观了一番。

"到时候，我们想让久美小姐在这个演播室里谈一下感想。"砂川正说着，他的手机响了，"啊，不好意思！"

砂川在接听电话，奈奈子拉着久美走到一边。

"久美，这只是兼职啊！不要产生自己已经进入娱乐圈的错觉啊！"奈奈子警告妹妹道。

"我又不是傻瓜，我知道！"

"嗯，你没问题的……"

走廊里走过来七八个男人，都是古代士兵的装扮，看来他们正在拍古代战争剧。

"电视台果然和普通公司不一样啊！"奈奈子感叹道。

士兵们和她们擦肩而过。

奈奈子和最后面那个男人对视了一眼。

"咦？那个男人怎么有些眼熟？"

奈奈子歪头想着，然后在下一瞬间，她惊讶得屏住呼吸。

刚才那个男人……是林克彦！

见姐姐愣住不动，久美惊讶地问：

"姐，怎么了？"

然而，奈奈子没有马上回答她。

刚才那个人，真的是林克彦吗？

警察正在追捕他呢！他还敢来电视台当群众演员？

"可是……确实很像……"奈奈子小声嘀咕着。

"没事吧？你怎么啦？"

久美有些担心，她把手放到姐姐的额头上。

"没发烧呀……"

"你干什么呢？我只是站得太久了，有点儿头晕罢了。"

"真的吗？你找个地方躺一会儿吧！"

"不用了，我已经好啦！"奈奈子说道。

砂川听到了她们的对话，便对她们说：

"台里有个房间，是给通宵加班工作的人休息用的，你要不要去那里躺一会儿？"

"不用，我已经……"

奈奈子推辞着，可是不知不觉已经被砂川带到了那个房间。

房间的门上写着"休息室"。

"我过会儿来接你！"久美说完，便跟着砂川出去了。

"这是怎么回事？"奈奈子一边自言自语，一边打量着这个摆了几张床的房间。

奈奈子没办法，在一张床上躺了下来。

房间里没有其他人，她出神地望着天花板，不知不觉中，迷迷糊糊地打起了盹儿。

当她睁开眼睛的时候，发现有人正在看着自己。

"啊！"她坐了起来，"林哥！"

看着她的那个人，正是刚才那个士兵。

"果然是你啊！吓了我一跳！"

"我也吓了一跳啊！"林克彦问道，"你怎么会在这里？"

奈奈子把久美的事告诉了他，然后问他：

"先不说这个了，你怎么会在这里？"

"哎呀，我是碰巧来这里的。我当时不知道能去哪里，就在这个电视台附近晃悠，忽然看见了警察，我就不知不觉进了电视台的后门。有一辆面包车拉来几个人，好像是群众演员，他们一个接一个地进了电视台，我就紧跟着他们……不知怎的，我就变成了这个样子！"

"你的胆子可真大啊！不过，谁也不会想到你会去当电视剧的群众演员。"

"在这里还能领日工资，真是不错！我准备和其他群众演员一起走。"林克彦说道。

"可是，林哥，逃跑解决不了问题呀！而且，真正的凶手反而因为你更安全了！"

"嗯，我知道！"林克彦点点头，"我也很痛苦！"

"对不起，我不该说这些……"

"不，你说得对，我明白！不过，对有前科的人来说，警察实在太可怕了！"

"林哥……"

"我在和这种恐惧作斗争，相信有一天，我会克服这种心理的。到了那天,我会堂堂正正地去跟警察说,我不是凶手!"

"可是,时间太长的话……"

"我明白,不会太长时间的,等着我吧! 到时候,我会提前告诉你的!"

"好!"奈奈子握住林克彦的手说道,"我相信你!"

"谢谢!"

林克彦的眼睛湿润了。

"你该走了,我在后面跟着你!"

"可是……"

"这样不容易被别人怀疑。林哥,你不会穿着这身衣服回去吧?"

"啊,剧组在拍一个战争场面,我演一个在丛林中逃亡的士兵。"林克彦笑着说道。

奈奈子和林克彦一起走出了休息室。

"你是怎么知道我在这里的呀?"

"我碰巧遇到一位副导演,他说你身体不舒服……"

"才不是身体不舒服呢! 我是被你吓的!"

"啊,原来是这样啊!"

两个人一起来到走廊,林克彦对奈奈子说:

"待会儿在前面换下衣服,所有的群众演员就都回去了。不过我没有登记,我会找个机会溜走的。"

就在这时,突然有人喊:

"喂,等一下!"

他们回头一看,两个电视台的工作人员正向这边跑来。

"完了!被发现了吗?"

林克彦转过脸去。

"对,就是你!"其中一个人气喘吁吁地说道,"我们正在到处找你!"

"拍摄不是结束了吗?"

"嗯,是结束了,不过,八田导演看了监视器后,让我们把你带过去!"

"啊……有什么事啊?"

"你就跟我们来吧!"

那个人抓住了林克彦的胳膊。

不过,他们看起来不像是要把他交给警察。

但奈奈子还是有点儿担心他,便跟着一起去了。

他们走进摄影棚,看到监视器里是这些群众演员扮演士兵的画面。

"八田导演,是这个人吗?"

导演是一个四十五六岁的男人,看起来非常精明强干。

"啊,就是你!没错!"

这位八田导演抓住林克彦的肩膀说:

"哎呀,我从监视器里看到,你在这些士兵里表现得非常突出啊!"

奈奈子心想：他表现得太突出可就麻烦了！

"你来看一下！"

八田把林克彦带到监视器前。

奈奈子也跟了过来。

"这是刚才拍摄的画面啊！"林克彦说道。

丛林中，一些疲惫不堪的士兵正在踉踉跄跄地走着。

"好饿……"

"水……"

"我……走不动了。"

士兵们都在唉声叹气。

"一看就知道吧？"八田解释道，"他们哪一个看着都不缺营养，皮肤都油光光的。虽然他们嘴上把自己说得很可怜，但怎么看都不像快要饿死的样子。"

"这倒是……"林克彦点点头，"不过这也没办法，大家毕竟都是现代人。"

"可是，你看这里！"

林克彦出现在画面里。他身体消瘦，面容憔悴，再加上没刮胡子，真的是一副精疲力竭的样子。奈奈子知道，这不是演技，林克彦本来就在逃亡，所以他才会自然而然地流露出这种状态，但八田怎么也不会想到是这个原因。

"你看起来就是一个真正的战败士兵，演得太好了！嗯，你是一个宝贵的人才！"

"谢谢……"林克彦说道,"可是,我只是一个普通的群众演员……"

"不,你不是一个普通的群众演员!你的表演是有灵魂的!"

"啊……"

"你叫什么?"

"啊……我……我的名字吗?我叫……"

连自己的名字都得想一想,这在外人看来,也真是有些奇怪。

林克彦瞥了一眼奈奈子。

"我叫……泷田……泷田克夫。"

"喂,你竟然用我的姓!"奈奈子想抗议,但如果她把抗议的话说出来,林克彦就会被扭送到警察那里去了。

"哦,泷田啊!你在哪个剧团工作?"

"没有,我不在剧团工作……"

"那就没必要征得同意了。"

"征得同意?"

"我想让你成为这部戏的正式演员!"八田认真地说道。

"这不行啊!"林克彦慌张地说道。

"是有什么原因吗?"

"我不是演员!我完全不懂表演!"

"这个无所谓!"八田满不在乎地说道。

"可是……"

"表演啊,特别是在电视上的表演,比演技更重要的是用心,而你就有这样的'心'!"八田信心满满地说道,"怎么样?"

"啊……"

"当然,我们会给你片酬的!"

"可是……"

被通缉的逃犯当上了正式的电视剧演员?

"这真是前所未闻……"奈奈子不禁嘀咕道。

气场这东西很可怕。

被通缉的林克彦被八田导演的热情彻底征服了,竟然签下了正式的电视剧演员的合同——当然,他用的是"泷田克夫"这个名字。

"明天要拍士兵们在丛林中疲劳过度、出现幻觉的戏。"八田兴奋地说道,"这个场景正好能发挥出你的个性!你要好好演啊!"

"啊……"

林克彦还是有些不知所措。

"明天早上九点来吧!具体事宜副导演会跟你说的!"

"好的……"

只剩下奈奈子和林克彦两个人时,奈奈子问:

"现在怎么办?"

"这……我也不知道……"

"竟然还有这种事!不过,也许……嗯,警察肯定也不会想到你会当电视剧演员，是吧？"

"可能吧……不过，脸被化妆成这样，估计他们也认不出我是谁吧！"

这些在丛林里逃亡的士兵，看起来确实都很像真正的逃兵。

"没办法，今晚先用演出的酬劳找个地方住下，明天再来试试吧！"

"加油啊！"

奈奈子说完，这样想道：这鼓励也怪怪的！

"我妹妹那边还有点儿事……"

"嗯，我去换衣服了。"

两个人就此分别。

奈奈子在走廊里东张西望地走着。

"姐！"

是久美的声音。

她在走廊的另一头向奈奈子挥手。

"你干什么去了？"奈奈子问道。

"我还想问你呢！我刚才去了休息室，怎么没看到你？"

奈奈子被久美拉着，走进一间演播室。

"我找到迷路的姐姐了！"久美大声说道。

"谁迷路了？"

制作人砂川说：

"啊，你一定得看看这个！"

"什么呀？"

"这个！"

砂川给她看的是一个大型监视器，里边竟然是久美正对着镜头的画面。

"现在播报七点的新闻。今天凌晨，东名高速发生三辆汽车连续追尾事故，造成三人死亡……"

久美在念新闻稿。

"这……不会吧……"

奈奈子非常惊讶。

"当然，这不是真的在播。"砂川解释道，"我只是让久美小姐试着念一下。怎么样？她是不是有模有样的？"

"啊……"

"她的镜头感也很好，我希望她能作为记者加入我们电视台！"

奈奈子看向久美。

久美不需要说什么，她的表情和目光已经在说话了：

"姐，可以吧？求你了！"

没办法，也许今天的关键词就是"顺其自然"。

"可别给人家添麻烦啊！"奈奈子只能勉强地答应道。

七、每天的脸

　　午休铃响起,奈奈子分别向左右两边歪了歪头,以便放松身体。

　　由于一直盯着电脑,奈奈子觉得肩膀有些酸痛。

　　"啊,午休啦!"她站了起来,正在这时,她的手机突然收到一条信息。

　　信息是妹妹久美发来的:

　　"我今天要和赞助商吃饭,晚点儿回去。久美。"

　　她又要晚回家!

　　奈奈子耸了耸肩,走出办公室。

　　"偶尔吃一下也可以吧……"

　　奈奈子有点儿吃腻了经常排队去吃的快餐店,她决定奢侈一下,走进了一家意大利餐厅,只吃一份意大利面应该不会花太多钱。

"一份肉酱意大利面。"

奈奈子点完餐,喝起了咖啡。

"啊……好累啊!"她不禁感叹道。

她倒也不是特别忙,只是 AB Culture 成为汤川担任董事的 P 商社的子公司后,虽然没有裁员,但工作方式有了一些微妙的变化,各个流程负责签字的人也有了一些变化,应对这些事也是很累的。

不过,汤川每周只来 AB Culture 一两次,奈奈子这一个月几乎都没和他说过话。

快到年底了,接下来她的工作会很忙,为了应对明年春天的新学期,年前她有很多工作要做。

然而,不管是忙忙碌碌,还是平平淡淡,日子都会过去。

妹妹久美去电视台的第二天,就开始接受记者培训了,她好像每天都在外面到处跑。

电视台原本只是说让她做餐厅采访,可那个叫砂川的制作人好像很看重她,又让她去做了其他节目的简短采访。

奈奈子把这件事告诉了远在老家的父母,他们很惊讶。不过,他们在电视上看到久美之后,就不怎么打电话来问长问短了。

奈奈子看到久美很享受现在的工作,也就只能说服自己接受现实了。

另外,还有一件事使奈奈子一直放心不下,那就是她还不知道杀害中尾琉璃的凶手是谁。

林克彦逃跑了,警察可能已经认定他就是凶手。可是,真正的凶手却另有其人。

而这个林克彦却被那个八田导演当成了宝贝,竟然在演电视剧!

虽然他现在演的是一个胡子拉碴的战败士兵,别人可能看不出来是他,可是这也太离谱儿了!

他用泷田克夫的名字出演电视剧,几乎每集都有他的戏份儿,而且,他演得还真不赖!

"不知道以后会怎样……不过,担心也没用!"

意大利面来了,奈奈子大口吃起来。

"打扰了!"突然,有人跟她说话,"你是泷田奈奈子吧?"

"啊?"

奈奈子抬起头,她的眼前站着一个披着外套的中年男人。

"是啊……"

"我是 N 警察局的武川。"

"警察?"

"我有话要问你。抱歉,在你休息时打扰你!"

"没事……"

除了"中年男人"四个字,奈奈子觉得再无其他词语可以用在他身上,他实在是一个普通至极的人。不过,他确实很像以前的刑侦剧里出现的人物。

"请继续吃吧！"武川说道，"我也想在这种高级餐厅吃饭！"

"啊……"

"可惜工资太少。"

武川只点了一杯咖啡。

"您找我是……"

"我想了解一下关于你的朋友中尾琉璃的事。"

"你们现在有线索了吗？"

"目前，通缉犯林克彦还没有找到，我们还不清楚他在哪里藏身。"

奈奈子暗自想道：你们肯定想不到，他去演电视剧了！

"然后……"武川喝了一口咖啡，继续说道，"听说你认为林克彦不是凶手，是吧？"

"啊……是的。"奈奈子点点头，"作为和他一起工作的同事，我不认为他会做出那样的事情！"

"是吗？"武川往咖啡里加了整整三勺糖，"每次我感觉累的时候，就会往咖啡里加很多糖。"

"啊……"

"林克彦有前科的事，你知道吗？"

"这个……"

"不过，他那时候还很年轻。他可能是因为自己有前科，怕我们认定他就是凶手才逃跑的。"

奈奈子有点儿困惑，不知道怎么办才好。

"您的意思是这件事不是林克彦干的,对吗?"

"现在还不好说,不过,他在警察面前逃走,这毕竟不是什么好事!"

"啊……"

"不过,我那时候在负责别的案子,开始通缉他之后,我才接手这个案子。刚接手时,我就觉得这件事可能没那么简单。如果林克彦逃跑是因为他有前科,那么这个案子的凶手就另有其人!"

奈奈子听到武川这么说,开心得简直想开一瓶香槟,可这显然是不行的。

"一定是这样!林克彦经常说琉璃是个特别好的女孩儿,他不可能杀她……"

"是啊,因此我想先调查一下他的作案动机。"武川说道。

"这就是现实。"林克彦说道,"是的,我的周围都是丛林,已经没有人了。只有我一个人活下来了吗?"

精疲力竭的战败士兵已经一步也挪不动了。

"啊……在这里休息一下吧……"林克彦慢慢地在地上躺下,"嗯,哪里也不去了……就在这里睡下去吧……"

他缓缓地闭上了眼睛。

"晚安,妈妈……"

他喃喃地说着,身体失去了力气。

接着是长长的沉默。

"停！"导演的声音在摄影棚中响起，"好，可以了！"

林克彦长舒了一口气，站了起来。

八田导演马上跑了过来。

"太好了！"

他紧紧地握住了林克彦的手。

"谢谢！"

林克彦的心情很复杂，他毕竟不是专业演员。

到这里，电视剧里林克彦饰演的人物就死掉了，他的戏也杀青了。

"哎呀，辛苦了！"八田拍拍林克彦的肩膀，"因为你的精彩表演，这部电视剧显得更有厚重感了！"

"啊……"

"这些天你一直是这个装扮，真不容易啊！快去刮刮胡子，弄得清爽点儿吧！"

"谢谢……"

"片酬怎么给你？"

"尽量给我现金吧……"

"好的，我跟他们说一下，你换好衣服，现金就准备好了。"

"谢谢！"

片酬虽然不多，但也够他花很多天了。

林克彦脱下戏服，冲了澡，看着镜子里的自己。

镜子里的自己好像是另一个人。

在这短短的一个月里，林克彦第一次体验到了"变成另一个人"的感觉。

而现在，镜中的他和以前的他已经判若两人了。

"我是……泷田克夫。"林克彦喃喃自语。

这真是太不可思议了！

以前，他只是 AB Culture 的总务，每天做着简单的杂事，而现在，他却在电视屏幕上施展着自己的演技，这样的变化真是让人无法想象！

以前他从来没有想过，自己还能做这样的事情。

不过，他误打误撞演的这个战败士兵的心境和他现在的心境很相似，可能正因如此，他的表演才打动了导演吧！

"我是演员？"林克彦差点儿笑出声来。同时，他的心里又涌出一些振奋和自豪，这是他以前从未有过的体验。

我也是可以做点儿什么的——林克彦第一次有了这种感觉。

"对了！"

林克彦用手机给泷田奈奈子打电话。

"啊，拍完了吗？辛苦啦！"

奈奈子的语气和往常一样。

"我也有件事想跟你说。咱们今晚一起吃饭吧？"

"嗯，好啊！"

林克彦很开心。他和奈奈子约好时间和地点,整理好衣服,来到等候室。

"啊,你现在的样子看起来很清爽啊!"八田正在等他。

"谢谢!"

"我跟会计说了,你直接去会计那里领钱就行!"

"啊,谢谢!"

"还有一件事,泷田!"

"什么事?"

"刚才台里的制作人跟我说,想让你参演一部正在拍摄的电视剧!"

林克彦惊讶得说不出话来。

"你又要拍其他的电视剧了?"

奈奈子听到后也很惊讶。

这是一家年轻人很多的意大利餐厅。

这家餐厅并非高级餐厅,但因为这里的饭菜"既便宜又能吃饱",所以其销售的大份意大利面和巨无霸比萨很有人气。

奈奈子觉得,在这种餐厅里吃饭才不容易被发现,毕竟林克彦现在还是被通缉的逃犯呢!

虽然在这里说话,不大声点儿就听不清楚,有点儿不方便,但不管他们在这里说什么,周围的人都不会注意到。

"哎呀,我也没想到啊!"

林克彦一边从大盘子里把意大利面分到小盘子里，一边说：

"据说，台里的一个制作人正在找演员，他要找人去饰演一个'被生活折磨得疲惫不堪的打工人'，他看到我演的士兵后，一下子就认定了我……"

"这个角色可不好演呀！"奈奈子笑着说道。

"你说的那个武川警官的事，让我看到了希望！"

"嗯，他说不能直接认定你就是凶手，要调查一下有杀人动机的人！"

"要是能找出真正的凶手就好了！"林克彦说道。

"啊，再喝点儿红酒吧！"

奈奈子的心情也明朗起来，便想再喝一些红酒，微醺也无妨。

她吃了意大利面和比萨，肚子很饱。她看着林克彦。

"怎么了？"林克彦感到很奇怪，"我的脸上有什么东西吗？"

"没有，你变了！"

"变了？"

"嗯，在这么短的时间里，你好像变成了另一个人！"奈奈子解释道，"现在的你，就算警察找到了你，可能也看不出来你就是被通缉的林克彦！"

"不会吧……"

"真的！你的脸上有光彩了！"

林克彦有些不好意思。

"是吗？其实我自己也感觉到我变了！"林克彦说道，"在那个电视剧里演战败士兵时，我体会到了变成另一个人的快乐！这种感觉很奇怪，我从没学过表演！"

"这一点儿也不奇怪！这是因为你有深藏不露的才能啊！"

"我不知道……"林克彦说道，"当我听说可以参演另一部电视剧时，不知道为什么，心里很激动。我以前从来没有过这种感觉。我真是有点儿得意忘形了！"

奈奈子举起红酒杯。

"加油吧！"奈奈子笑着说道，"也许，这就是你人生的转折点呢！"

"谢谢！听你这么一说……"

"来，干杯吧！"

"嗯，为了什么而干杯呢？"

"当然是为了'演员泷田克夫'啊！"

林克彦笑了，和奈奈子举杯相碰。

"谢谢！"

久美鞠了一躬，目送出租车开走后，终于长舒了一口气。

她的脸很热，冷风吹在脸上，让她觉得很舒服。

久美的身旁站着 N 电视台的制作人砂川。

"累了吗？"砂川问道。

"嗯，第一次接待赞助商，我完全不知道该说什么……"

久美和砂川回到酒吧里。

把赞助商方面的两位高管送走后，他们终于可以放松了。

"你刚才那样就很好啊！"砂川说道，"像你这么年轻的女孩儿要是太能说会道了，反而不正常，像现在这样自然点儿更好！"

"年轻的女孩儿……我已经二十五啦！"久美说道，"哎呀，现在酒劲儿有点儿上头了。"

"是因为你刚才太紧张了吧！你明天傍晚再来台里就行！"砂川说道，"我送你回去吧！"

砂川站了起来。

两个人来到外面。

"我想走走。"久美说道，"我的脸很热，风吹得我很舒服！"

"好啊……"

两个人便慢慢地走了起来。

当他们走到一个行人很少的地方时，两个人同时拥抱了对方，嘴唇紧贴在一起。

"我可以晚一点儿回去。"久美说道。

"我只有两个小时的时间！"

"足够了！"

两个人紧紧依偎着，加快了脚步。

这并不是第一次，久美早就沦陷在砂川温柔的怀抱里了。

不过，砂川已经有家庭了。

为未来着想，现在应该怎么做，久美还没有考虑过。

和林克彦分别后,奈奈子回到了公寓。

当然,她没有打车,打车太贵了。时间还不是很晚,奈奈子便乘电车回家了。

当她走进公寓大厅时,突然有人跟她打招呼:

"嗨!"

她看到汤川坐在大厅的沙发上。

"汤川先生,您……您有什么工作上的事找我吗?"

奈奈子有点儿慌乱。

"没有。"汤川笑着说道,"今晚,我在附近的餐厅里跟别人吃饭,突然想起你来,就顺便过来了。"

这太令奈奈子感到意外了,而且,汤川竟然知道她住在这座公寓里。

"都这么晚了,你是吃完饭才回来的吧?咱们一起去喝一杯怎么样?"

"啊……"奈奈子有些犹豫。

"我也有一些工作上的事想和你说。"

汤川这么一说,奈奈子便很难拒绝了。

"那就喝一小会儿吧……"奈奈子只能这么说了。

虽然汤川很年轻,但他不愧是董事,一辆配有司机的汽车就停在公寓旁边。

汽车行驶了十五分钟左右,他们来到了一家酒店的酒吧。

"这里有很不错的红酒，"汤川说道，"喝一杯没问题吧？"

奈奈子已经喝了很多酒了，她有些犹豫，还没等她说话，汤川就已经点好酒了。

"你最近很忙吧？"汤川问道。

"从现在开始到明年的新学期开学，这段时间向来都很忙。"奈奈子说道。

服务员拿来了红酒。

"来，干杯！"

汤川拿起酒杯。

"啊……"

奈奈子不知道为了什么而干杯，便一口喝下了红酒。

虽然她不太懂红酒，但也觉得这酒确实好喝。

"您说的工作上的事，是什么呢？"

奈奈子想尽量不聊私事。

毕竟，那个落入水池而失忆的女人的事一直在她心里挥之不去。

从 M 医院把她带走的女人自称是"泷田奈奈子"。

在那之后，那个落水的女人又怎么样了呢？

奈奈子不是侦探，她每天忙于工作，这件事也就没有再调查。

"嗯，是这样的，年后任免书可能就会发出来了！"汤川说道，"你要当科长了！"

"啊？"

奈奈子突然有些不知所措：

"那古田科长呢？"

"这件事你要先保密啊！古田说他身体状况不好，工作忙的时候，他的身体会受不了。"

"是科长自己这么说的吗？"

可是科长的状态看起来完全不像是这样的啊！

"是的，不过这件事其他人还不知道。"

"啊……"

奈奈子想：这不会是骗人的吧？我要当科长了？

"你肯定会做得很好的！"

"啊……我努力……"

"那就举起酒杯吧，来！"

在汤川的催促下，奈奈子不由自主地举起了酒杯。

八、如真如梦

"啊,我是什么时候睡着的?"

迷迷糊糊的奈奈子好不容易睁开双眼,明亮的光线从窗帘的缝隙中照进来。

可是,这里不是她所住的公寓!

"怎么回事?"

奈奈子在床上活动了一下身体,她吓了一跳。

她只穿着睡衣!

"我……这是怎么回事?"

她开始努力回忆发生过的事——她被汤川带到了一家酒店的酒吧,在那里喝了红酒,她本来只打算喝一杯,结果一不小心又喝了第二杯……

可是,后来呢?

她不记得了,怎么会这样?

"你醒了？"

一个女人的声音在耳边响起，奈奈子吃了一惊。

窗帘拉开了，奈奈子看到她现在是在酒店的一个房间里。

"感觉怎么样？"

拉开窗帘的是一个穿西服套装的女人，奈奈子总觉得在哪里见过她。

"不好意思，请问您是……"奈奈子问道。

"我没穿白大褂，你认不出我了，是吧？"

"白大褂……啊！ M 医院的……"

"滨口泰子。"

她正是那位女医生！

"请问……我为什么会在这里？"奈奈子又问道。

"昨晚，我参加了一个学会的聚会，"滨口泰子解释道，"聚会结束后，我和一些专家去了酒店的酒吧，那个酒吧突然有客人醉倒，我一看，那个人竟然是你！"

"是这样啊……"

"当时跟你在一起的男人是谁？"

"那个男人是……"

奈奈子把自己跟汤川去酒吧的事告诉了滨口泰子。

"是这样啊！那个男人好像提前订好了这个房间呢！"

"那……"

"他说没事，他会带你来这个房间休息的。我对他说，最好还是让我在这里观察一下你的情况，"滨口泰子继续说道，"碰巧一位当时和我在一起的大学教授认识那个男人，那个男人就不得不把你交给我来照看了……"

"那……"

"给你脱衣服的人是我，请放心！"

"太感谢了！"奈奈子点头致谢，"您一直陪在我的旁边吗？"

"是的，反正这里还有一张床，我就在这里睡了一觉。"滨口泰子微笑着说道。

"啊……我还是觉得有点儿头晕。"奈奈子轻轻摇了摇头。

"你以前有过这种突然醉倒的情况吗？"

"没有，这是第一次！"

"那可能是……那个男人在你的酒杯里下了药，不过现在咱们没有证据啊！"

"下了药？"

"即使那药的药性不是很强，但和酒一起喝下去的话，药效也会很明显！"

"怎么会这样？真是太感谢您了！"

"你要是去上班的话，最好先洗个澡，这样会清醒一点儿。"

"嗯，好的，时间还很充足。"

奈奈子赶紧进了浴室。洗完热水澡之后，她觉得清醒多了。

她马上回公寓的话，收拾好工作用的东西再去上班还来得及。

可是,汤川竟然做出这种事!

"一定要小心!"奈奈子一边用浴巾擦着身体,一边低声自语道。

她给公司的同事打了个电话,说自己要晚一会儿到。

"科长还没来呢!"一个女下属告诉她。

"他休假了吗? 之前没听他说过啊!"

"嗯,他也没联系公司同事,也没请假……"

"我尽量早点儿去! 我十点之前应该能到公司!"奈奈子说完,便挂断了电话。

她的衣服皱巴巴的,她得先回公寓换一下衣服。

奈奈子回公寓后,看到久美在床上睡得正香。

电视台的工作,工作时间总是很不规律。

奈奈子有点儿担心,但久美却觉得这种生活充满刺激和乐趣。

不管怎样,妹妹现在接触的全是新鲜事物,她应该乐在其中吧! 作为姐姐,奈奈子能做的只是在一旁默默地守护着她。

虽然久美比奈奈子小,但也已经二十五岁了,奈奈子不能再把她当小孩儿看待了。

"哎呀……"

久美脱下的衣服被随意地扔在地板上。

"怎么不好好收拾一下呢?"

奈奈子把久美的衣服挂在衣架上。

可是,这个香味……

奈奈子用力吸了吸鼻子,久美的衣服上散发出来的淡淡香味,好像和她平时用的香水气味不一样,这好像是男士用的古龙水的气味!

奈奈子看着久美,她微张着嘴,睡得正香。

其实奈奈子早有察觉,久美被那个叫砂川的制作人迷住了。可是,她听说砂川已经有家室了。

难道他们已经……

奈奈子不想直接问妹妹,如果奈奈子询问的语气太重,肯定会使久美反感的。

先不想了!

奈奈子换好衣服,急忙出了门。

"你联系上科长了吗?"奈奈子一到公司便问下属。

"没有!"

"哦……"

在工作上,古田科长虽然谈不上一丝不苟,但还是一个很认真的人,没打招呼就休假,奈奈子觉得这很不正常。

"给他家里打个电话吧!"她在工位上坐下后对她的下属说道。

这时,她的手机响了。

电话是汤川打来的。

"早上好！"奈奈子用和平时一样的语气问候道。

"啊，昨晚……"

"谢谢您的款待！"奈奈子抢先说道，"昨晚我醉得不成样子，很抱歉！"

"哎呀，我没想到你的酒量这么差！"

"我也没想到，可能是因为我年纪大了！"奈奈子用认真的语气说道，"以后我可得小心了！"

"当时好像有个女医生在照顾你，你没什么事吧？"

"嗯，她把我照顾得很好！"

"她那个人真不错！"

"幸亏她帮忙，现在的我已经完全没问题了！"

"那太好了！ 昨晚我把你留在那里，一直放心不下！"

"谢谢您的关心！"

"下次有机会再一起喝酒吧！"

奈奈子心里暗想：绝对不会有下次了！

不过，她没有把这句话说出口。

"谢谢您的好意！ 不过这阵子我很忙，暂时没有时间！"奈奈子客气地说道。

"是吗？ 那也不用着急，反正我们有时也会在公司里见面！"

"好的，再见！"

挂断电话后，奈奈子长舒了一口气。昨晚要不是遇到滨口泰子，她很可能就在酒店被汤川……一想到这里，奈奈子就感到身上一阵发冷。

"奈奈子姐，"往古田家打电话的女下属说道，"他家没人接电话！"

"好奇怪啊！"

奈奈子想起昨晚汤川说过的话，他说古田的身体状况很不好。

"我待会儿外出，顺便到科长家里去看看吧！"女下属对奈奈子说道。

这是奈奈子非常信赖的下属，她叫岩本真由，今年二十八岁。她毕业于短期大学，已经工作八年了，深得奈奈子信赖。

"那……如果不麻烦的话，你就去一下吧！"奈奈子说道。

"好的。我马上就出门，我先去科长家，这样比较方便！"岩本真由站起身来。

"哎，奈奈子姐……"她走了过来，小声问道，"刚才那个电话是汤川打来的吗？"

"嗯，怎么了？"

"听起来昨晚有什么事情……"

"啊，没什么事，就是我喝多了。"

"是吗？你要小心哦！"

"你在担心我吗？"

"当然！听说那个汤川是个有名的花花公子！"

"啊，你也听到这样的传言了吗？"

"我怎么会不知道这种八卦消息！"真由压低声音说道,"他那么年轻就当上了P商社的董事,这里面肯定有什么内幕！"

奈奈子觉得,她在这方面的直觉确实很敏锐。

"不要管那么多啦！"奈奈子说道。

"嗯,可是……"真由支支吾吾起来。

"怎么了？"

"没什么……是关于中尾的……"

难道是与被杀害的中尾琉璃有关的事情？

"琉璃怎么了？"

"没什么,我就看见过一次……有一天晚上,我加完班往家走,人行道的灯变绿了,我刚想过马路,就看到中尾上了一辆车……"

"琉璃？"

"和她一起坐在车里的那个男人,我那时候还不认识,现在想起来,那个男人应该就是汤川……"

"真的吗？"

"当然是真的！后来我再见到汤川,距离那件事已经过去很长时间了,所以我不是特别肯定当时看见的就是他,但我就是觉得他很眼熟！"真由停顿了一下,继续说道,"抱歉,说了一些不该说的话！"

"没关系！那古田科长的事就拜托你了！"

"好的,那我走了。"

真由轻轻点了一下头，便急忙出去了。

"真是个机灵鬼！"奈奈子微笑地看着她。

到午休时间了。

"嗯……怎么办呢？"岩本真由有点儿犯难。

虽然她是在出外勤，但现在已经十二点了，她本来是可以休息一小时的，可是现在她已经到古田科长家附近了。

今天上午，她从公司出来后，就直接来到这里，可是她按了半天门铃，也没有人来开门。

没办法，她就先去了要去办事的地方。她办完事，打算再去古田家看看，这时她才意识到已经十二点了。

有东西在发出声响——不是手机，也不是闹钟，是她的肚子。

"快给我午饭！"她的肚子在抗议。

"对，先吃点儿东西，再去科长家也行……刚才就路过一个拉面馆。"

真由的眼睛很尖，她刚才在路上走的时候，发现了一家拉面馆。

然而世事难料，这个不起眼儿的拉面馆的门前竟然也排起了几十人的长队。

"啊，这……"

看来午饭时间大部分餐馆都是如此，如果她现在去拉面馆排队，也许要排很久才能吃上饭。

真由很是犹豫，要是在这里排队的话，回公司的时间就更晚了，还是先去办正事吧！

真由又回到了古田家门口。

这是一座很普通的独门独户的房子，看起来有些陈旧。

真由站在门前，按了一下门铃，可是，依然没有人应答，和上午来的时候完全一样。

"是全家一起出去了吗？"

古田有妻子，好像还有两个孩子。孩子们应该已经是中学生了。他的孩子们应该是去学校了，那么他的妻子去哪里了呢？她出去买东西了吗？

也许他们只是不在家吧！可是，真由也不能就这样直接回公司，奈奈子姐很关心古田科长的事。

于是，真由探身看了看，还是没看到人。

她在古田家门口徘徊，一辆送快递的小货车在房子前面停了下来，一个穿着工作服的快递小哥抱着纸箱走了过来。

他按了几次门铃，没有人应答。

"奇怪……"快递小哥歪着头自言自语道。

"打扰一下！"真由叫住了他，"家里好像没有人，是吧？我也按了好长时间门铃！"

"嗯，可是这家的女主人打电话跟我联系的时候说，一直到下午，她都在家。"快递小哥纳闷儿地说道。

"这话是女主人说的？她是什么时候联系你的？"

"今天早上九点多,因此我才中午到这里来的。"

"她这么跟你说了,你来了以后,却没人给你开门,是吗?"

"是啊,真是麻烦啊!看来我还得再来一趟!"

真由拿出手机,给奈奈子打电话。

"奈奈子姐,我是真由。"

"啊,辛苦了!古田科长在家吗?"

"不在……"

真由把情况简单地跟奈奈子说了一下。

"好奇怪啊!公司这边也没接到他的电话!"

"怎么办?"

"嗯……"

奈奈子似乎也不知该如何是好。

这时,快递小哥发出一声惊叫。

"啊!"

"怎么了?"真由问快递小哥。

"刚才门里有奇怪的声音……"

"奇怪的声音?"

"嗯……好像有人在叫唤……"

"不是狗?"

"好像是人……"

真由跟还在通话中的奈奈子说了现在的情况。

"真由!"奈奈子的声音都变了,"你能进去吗?你想想办法,可以把门砸开！"

"啊？"

"如果出了问题，我来负责！你想办法进去吧！"

"好！"

栅栏里面是一个小小的庭院，真由走进庭院，绕着房子走了一圈，看了看。

玻璃门是关着的，拉着布帘，里边什么也看不见。

"你在干什么？"

快递小哥跟了过来。

"我要进去！"

真由下定了决心。

庭院里有个用瓦片围起来的小花坛，她从这里拿了一块瓦片。

"你要干什么？"

惊恐的快递小哥瞪大了眼睛。

真由没管他，只是说：

"你不用管！"

真由手持瓦片用力往玻璃门砸去，玻璃好像不太结实，一砸就稀里哗啦地碎了一地。

真由把手伸进去，开了锁，打开了玻璃门。

"古田科长！科长！"

真由一边喊，一边进了屋。

手机响了，奈奈子马上接起了电话。

"真由，怎么样？"奈奈子问道，"喂，真由？"

"奈奈子姐……"真由的声音颤抖着，"不得了了！科长……在家里……上吊了……"

"古田科长上吊了？那他的家人呢？"

"他的老婆和孩子都在流血……"

奈奈子倒吸了一口冷气。

"真由……"

"我叫了救护车，孩子们好像还活着……"真由的声音变成了哭腔，"啊……他昏过去了！"

"谁昏过去了？"

"快递小哥……他在庭院里昏倒了……"真由用颤抖的声音说道，"天哪！我还想昏过去呢！"

九、一场悲剧

奈奈子无法放下所有的工作跑出来，她处理了一些科长的紧急工作后，才赶往医院。

"怎么会发生这样的事？"奈奈子在出租车里喃喃自语道。

古田科长自杀了，而且他好像是在上吊前用刀捅了老婆和孩子们。

奈奈子的下属岩本真由现在正在医院里，她发来消息告诉奈奈子这件事的最新情况。

奈奈子在出租车里收到了消息。

"医生宣布科长死亡，他的妻子和孩子们的情况不乐观！"

奈奈子发出一声叹息。

在此之前，她一点儿也没看出科长有自杀的倾向啊！

不过，人心是不可捉摸的，科长可能有一些不为人知的苦恼吧！

奈奈子突然想起来,汤川说过古田科长的事,说他要辞掉科长职务什么的。

汤川应该知道一些古田的事吧!

可是,她可以直接问汤川吗?奈奈子不禁犹豫起来。

"还是先去医院吧……"

此时的奈奈子只能干着急。

她终于到了医院。医院大门口停了好多电视台、报社等媒体的车。

奈奈子犹豫了一下,拨打了岩本真由的手机号码。

"奈奈子姐,你现在在哪里?"

"我到正门了,这里有媒体来采访……"

"让他们逮住可就麻烦了! 你绕到后门进来吧! 我现在去接你!"

"谢谢!"

奈奈子绕到了医院的后门,看到岩本真由出来了,便朝她挥手。

"现在的情况怎么样?"

"医院里不让随便采访,所以媒体记者都在一楼等着开记者招待会呢!"

"记者招待会?"

"听说医院的主管医生会出来说明情况。"

她们从后门进来后,乘员工电梯上了三楼。

走廊里站着保安，看到她们过来便问：

"你们有什么事？"

"我们是死者古田的同事。"奈奈子说道。

保安认真地查看了她们的身份证。

"那个病房里的女人是他的老婆，他的孩子们在隔壁病房。"真由介绍道，"听说抢救已经结束了，现在就靠他们自己恢复了。"

"那……古田科长有没有留下什么遗书？"

"不知道，我没看见。"

"是吗？"奈奈子点点头，"没看到警察来啊！"

按理说，警察应该在这里。

"他们是不是参加一楼的记者招待会去了？啊，主管医生来了！"

真由轻轻碰了一下奈奈子。

一位穿白大褂的女医生走过来。这位女医生看上去只有三十几岁，奈奈子有些惊讶。

"医生，她是我的上司！"

"古田科长的事，让您……"奈奈子说到一半就哽咽了。

"很遗憾！"女医生说道，"我是主管医生藤本弥生。古田先生被送来的时候就已经断气了，我们已经无能为力了！"

"他的妻子和孩子怎么样？"

"现在还不好说。"藤本弥生说道，"我们已经尽力了，现在就要看他们自己能不能坚持住了。”

女医生的语气冷静且淡然,但奈奈子依然能感觉到她的恻隐之心。

“藤本医生,”护士走过来说道,“院长让您去一楼。”

“知道了。”藤本冲护士点了点头,对奈奈子说道,“一楼有个记者招待会。”

“嗯,我听说了! 我也可以去听听吗?”

“当然可以! 请!”

奈奈子和真由跟着藤本弥生来到一楼。

记者招待会在一楼大厅举行,此时的大厅里已经摆好了桌椅。

奈奈子她们为了避免太显眼,便在大厅的角落里远远地看着,假装是前来探病的人不经意地在这里停留。

如果媒体的记者们知道了奈奈子是古田的下属,他们肯定会缠上她的。

“久等了!”

主管医生藤本弥生的声音干脆利落。

满头白发的院长板着脸坐在那里,一言不发,嘴巴像一个倒着写的对号。

“我来说明一下情况。”藤本弥生说道。

她没有看笔记本,却把古田诚二的情况描述得一清二楚。

“很遗憾,由于发现晚了,古田诚二先生已经死亡。他的妻子和两个孩子的抢救工作现在已经结束,希望他们能够顺利康复!"

"请问各位有什么问题吗?"藤本弥生问道。

一位女记者举起了手。

"古田诚二先生是 AB Culture 公司的员工,是吗?"

"听说是的。"

"您知道他这么做的动机是什么吗?"记者问道。

"不清楚,这不是我们医院要调查的事情!"

"他的妻子说了什么吗?"

"她现在根本无法说话,她现在的情况依然很不乐观!"

这时,一位年轻的护士来到藤本弥生身边,低声耳语了几句。

"我刚刚收到消息,他的妻子和两个孩子的情况有所好转!"

众人都松了一口气。

"要是没有其他问题就……"

弥生还没说完,突然有人大声喊道:

"我知道原因!"

所有人都惊讶地回头看去,一个高中生模样的女孩儿从记者群中走出来,来到医生面前。

"你是……"

"我叫保本妙,是古田清美的同学。"

"是古田先生的女儿的同学吗?"

"是的。"

"你刚才说,你知道原因,是吗?"

"清美给我发过消息!"女孩儿说道。

"什么消息?"

"她给我发消息说,'我爸要疯了,好可怕'。"

"原因是什么?"

"古田先生是因为公司的事才自杀的!"

"公司的事?"

"是的。他想拉着妻子和孩子们做伴儿……"

保本妙哽咽了。

"等一下!"藤本弥生说道,"这些话请在别处说吧!"

"不,我想让所有人都知道!清美肯定也是这么想的!"

保本妙回头看着记者们:

"她发给我的消息是这么写的:'我爸爸因为被免除了科长职务,受了很大的刺激,精神变得不正常了!'"

奈奈子很惊讶,不禁向前走了一步。

"工作上的事……"

弥生似乎想说什么,但保本妙又说:

"后面还有消息!"

保本妙说着,看着手机念道:"'我爸爸特别气愤!我听他说,他被免除科长职务,是因为他的下属泷田讨好汤川,让她当科长!'这是她发的消息!"

奈奈子目瞪口呆地站在那里。

"我？因为我？"

"奈奈子姐……"真由难以置信地看着奈奈子。

"不是那样的！"

"嗯,是啊！古田科长肯定是误会了！"真由拉起奈奈子的手说道,"我们还是走吧……"

"可是……"

"快走吧！"

真由用力拉着奈奈子,离开了大厅。

"怎么办？"奈奈子几乎要跌倒,"古田科长竟然是这么想的！"

"奈奈子姐,你冷静一下！这里面肯定有什么误会！"

"嗯……"

奈奈子精疲力竭地坐在走廊的长椅上,闭上了眼睛,深深地叹了一口气。

"怎么会这样？"

要是刚才那个女孩儿说的话上了电视和报纸,所有人都会信以为真吧！

"我去讨好汤川？开什么玩笑！可是,现在该怎么办呢？"

奈奈子完全没有头绪。

她休息了很久才调整好情绪。

"不能一直在这里坐下去！"泷田奈奈子努力挺直了腰,做了一个深呼吸。

她的下属岩本真由已经先回公司了。

至于公司怎么评价刚才的记者招待会,真由会把情况告诉奈奈子的。

可是,古田女儿的那个同学所说的话,恐怕参加记者招待会的人都相信了。

那女孩儿说她讨好汤川,把古田从科长的位子上赶了下来!这也太荒唐了!

可是,古田那受了重伤的妻子和孩子们肯定都对那种荒唐的说法信以为真了。一想到这里,奈奈子就觉得自己实在无法接受现状。

到医院后,奈奈子才知道古田的妻子叫寿子。他的女儿叫清美,正在上高中。他的儿子叫和夫,正在上初中。

奈奈子心里想:不管怎样,他的老婆和孩子们都保住了性命,谢天谢地!

"泷田小姐!"

奈奈子回过神儿来,看到穿白大褂的藤本弥生站在那里。

"医生……"

"你没事吧?你的脸色……"

"我的脸色很差吗?"奈奈子苦笑了一下。

"记者招待会上的事你也听到了吧?"弥生问道。

"嗯,可是,那不是真的!"

"我也这么想！"弥生点点头，"我看人是很准的。虽然我跟你刚刚认识，但我觉得你不是那种人！"

"感谢您的信任！"奈奈子鞠躬道谢。

"我在记者招待会上说了，这些事还没有调查清楚，不能随便说！"弥生继续说道。

"谢谢您！"

"不过，那些媒体的记者到底怎么想，我就不清楚了。"

"谢谢您为我着想！"奈奈子叹了口气，"总之，我根本没有做过这样的事情，这实在是……"

"你要不要去楼下的食堂喝杯咖啡？"

奈奈子有些犹豫，但她转念一想，就在医院里等真由联系自己吧。于是，她和弥生一起去了楼下的食堂。

"这里是自助服务，咖啡的味道比较一般。"

在食堂里，弥生用托盘端着两杯咖啡来到桌子旁边。

"不好意思啊！本来应该是我自己去拿的……"

"没事，我在这里工作，对这里比较熟悉嘛！"弥生微笑着说道。

咖啡并不难喝。奈奈子加了许多糖，把咖啡调得很甜。

"那个女高中生说的'汤川'，你认识吗？"弥生问奈奈子。

"嗯，认识。不过，他不是 AB Culture 的人。"

奈奈子把 P 商社董事汤川的事告诉了弥生。

"那个人迷上你了啊！"

"不是。他确实很主动地约过我，但我觉得他并不喜欢我，只是在逗我玩。他把我骗到手之后，会把我甩掉的！"

"你这么讨厌他啊！你们之间发生过什么事吗？"弥生问道。

"嗯……"

奈奈子把汤川在红酒里下药的事告诉了弥生。

"哎呀，那很危险啊！"

"嗯，要不是我刚好遇到滨口医生，我早就……"

"滨口？是 M 医院的滨口泰子吗？"

"是呀！您认识她吗？"

"她是我之前工作过的那家医院的前辈，她是个很善良的人！"

"是啊，是她救了我！"

"汤川既然能做出这样的事，那他跟古田胡说八道也就不奇怪了！"

"他跟我说，古田科长身体状况不好。"

"这件事会对你产生很大的负面影响啊！你们公司的一部分同事可能会相信这些话！"

"可是就算我说这不是真的，他们也不会相信我啊！"

奈奈子的手机响了，电话是岩本真由打来的。

"真由？现在的情况怎么样？"

"那个……那个记者招待会在电视的综合新闻节目上播出了……"

"啊？"

"虽然新闻节目的主持人说,那个女孩儿说的话不一定属实,但也有人相信是真的……"

"这是肯定的……不过,这也是没办法的事。我还有一些工作要做,我回公司去吧!"

"好的。"

奈奈子叹了口气。

"看来,我要做好心理准备啊……"她喃喃自语道。

十、遭遇背叛

奈奈子长舒了一口气，环视了一下空荡荡的公司。

现在是晚上九点多。

年底了，员工们很早就下班了，只剩下奈奈子自己在公司里，她松了一口气。

古田自杀的事已经过去一周了。

媒体终于安静了一些，但他们还是每天守在写字楼门口，等着采访奈奈子。

奈奈子一直保持沉默。

即使她向他们辩解这不是事实，他们大概也不会相信。

只有让时间来冲淡这一切了。

奈奈子本来就是副科长，古田科长不在了，她成为科长是理所当然的，而奈奈子一直拒绝升职。

现在，科长的位子依然是空缺的，而实际上，奈奈子却接替了科长的所有工作。

"啊……"

奈奈子惊讶地叫了一声,妹妹久美竟然到公司来了。

"你怎么来了?"奈奈子问道。

"我想来帮帮你!"久美冲她一笑,"开玩笑的!我在附近的公园拍摄节目呢!"

在久美去电视台工作的这一段短短的时间里,她变得特别美,简直像换了一个人。

当然,她的身边有专业的造型师,化妆和发型都交给最专业的人打理,她美得天翻地覆也是正常的。

"忙吗?"久美问姐姐。

"忙死啦!你知道的!"

古田的事,奈奈子还没有好好跟久美说。

"现在媒体消停点儿了吗?前段时间他们总是围追堵截你,是吧?"

"嗯……不过,工作可不等人啊!"

"姐,你这种性格太容易吃亏啦!"久美在一个空桌子旁坐下来,"我今晚不工作了,想和你一起吃顿晚饭!"

"啊……还有晚饭这回事啊!"

奈奈子忙得忘记了吃饭。

"好啊!剩下的工作明天再做吧!今晚咱们一起吃饭!"

奈奈子说着站了起来,准备下班。

"前几天我发现了一家特别好吃的意大利餐厅！"久美出门时对奈奈子说道。

"现在,这些事你比我知道得多啊！"奈奈子笑着说道。

这家餐厅里坐满了年轻人,看来,这里的饭菜确实好吃。

久美似乎已经预约好了,店员直接把她们带到了靠里边的桌子旁。

"这里的红酒也很好喝哦！"久美说道。

"我今晚不喝酒了,明天早上有许多工作要忙。"

为了避免自己吃得太多,奈奈子只点了生火腿和意大利面。

"上次谢谢您！"

餐厅老板走过来跟久美打招呼。

"您太客气了,我们应该谢谢您！"

看来,久美因为工作的关系和这家餐厅打过交道。

奈奈子看到久美还没有对这些习以为常,便放下心来。

久美虽然经常出入各种地方,但这些都是因为她在电视台工作的关系,而不是因为她自己有多厉害。很多境况和久美相似的人常常在这种境况中迷失自己。

"好吃！"奈奈子边吃意大利面边说道。

久美微笑着说:

"太好了！"

"什么太好了？"

"你这么有食欲,真是太好了!我还以为你最近很消沉呢!"

"连你都在担心我啊!我真是太可怜了!"奈奈子苦笑道,"你的工作最近怎么样?"

"忙并快乐着!"

"真是奇怪啊!咱俩明明住在一起,竟然还有这样的对话!"

"是啊!"

两个人都笑了起来。

"不过,久美,这种不规律的生活对现在的你来说没问题,可是过一段时间,你就会觉得累了。你最好冷静一下,重新考虑自己未来的生活。"

虽然她们住在一起,但久美常常半夜才回来,然后睡到第二天下午,两个人几乎碰不到面。

"你很担心我啊?"

"当然了!我比你大十一岁呢!"

奈奈子总是不自觉地充当着母亲的角色。

"可是,年底很忙!"久美说道。

"新年不能回老家吗?"

"嗯,三十一号那天,我也要工作。不过,新年假期时还在工作是很了不起的!"

"这是砂川说的吗?"

久美一时语塞,愣了一下。

"嗯……"她点了点头,"年后我会休息一下的!"

"嗯，说好了啊！"

"嗯，说好了！"

奈奈子本来还想问她和砂川之间的事，可又一想，即使现在问了，估计她也不会心平气和地回答。

"真好吃！"奈奈子满足地说道，"咱们要不要再吃点儿冰激凌呢？"

"那叫'gelato①'！"久美说道。

在等咖啡的时候，奈奈子来到洗手间。

她正在洗手，一个十六七岁的女孩儿走了进来。女孩儿那精致的打扮与这种高档餐厅的氛围很契合。

她整理了一下头发，对着镜子照了一会儿便出去了。

"好像在哪里见过……"

奈奈子总觉得自己在哪里见过这个女孩儿，可是又想不起来了。

回到座位上，奈奈子看到久美在摆弄手机。

"姐，不好意思啊！台里有件急事，我得去一趟！"

"现在就去吗？"

"嗯，明天的采访突然改了时间。"

"那没办法了，咱们走吧。"

"姐，你喝完咖啡再走吧。我打车去。"

---

① 意大利语，指冰激凌。

"是吗？那好吧。这里我来付钱就行！"

"可是，本来是我想请你的……"

"哎呀，交给你姐吧！"

"嗯，谢谢啦！我走了啊！"

"不管到多晚都要回家啊！"奈奈子嘱咐久美，也不知道她有没有听进去。

奈奈子悠闲地喝起了咖啡。

那个像高中生的女孩儿……奈奈子想起了古田的女儿。

古田的妻子和两个孩子幸运地保住了性命，但他们都受了重伤，现在还躺在医院里。

奈奈子虽然很担心，但也没有理由去看他们。

奈奈子端着咖啡的手僵住了。

"那个女孩儿……"

她想起来了，刚才在洗手间看见的那个女孩儿，就是在记者招待会上念古田女儿的消息的那个女孩儿！

她好像叫保本妙。

她坐在哪里呢？奈奈子的目光在餐厅里搜寻起来。

一阵爽朗的笑声响起，奈奈子向发出声音的地方看过去，那个女孩儿就在那里！

奈奈子不敢相信自己的眼睛，坐在保本妙对面的男人竟然是……

"汤川……"奈奈子自言自语道。

她的脑袋一片混乱，完全理不清头绪。

汤川正在和那个女孩儿一起吃饭！

这是怎么回事？

奈奈子只顾着想这件事，端着咖啡的手突然没了力气。

"啊！"

咖啡洒在她的裙子上，虽然咖啡很烫，不过还没到烫伤她的程度。

奈奈子慌忙拿出手帕擦裙子，一个女服务员注意到了她。

"您没事吧？"

她拿着毛巾跑了过来。

"不好意思，你能给我拿一条湿毛巾吗？"

"好的，我马上去拿！"

女服务员很贴心，给奈奈子拿来了三条湿毛巾。

奈奈子用力擦拭裙子，咖啡渍没法儿完全擦掉。

不过，湿毛巾和干毛巾交替擦完裙子后，她看起来总算不像刚才那么狼狈了。

"谢谢！不好意思啊，把桌布弄脏了！"奈奈子说道，"我要走了，买单！"

"我再给您拿一杯咖啡吧！"

"不用了，就这样吧。"奈奈子说着，把银行卡递给了服务员。

她终于可以松口气了。

可是，由于刚才的意外，汤川肯定也注意到了她。

她不想再看汤川他们那边了，只想赶快从这里出去。

奈奈子在小票上签了字，站了起来。

她走出门后，停住脚步，回头看了一眼这家餐厅。

此时，她的心平静下来。

"这是怎么回事呢？"奈奈子喃喃地说道。

那个叫保本妙的女孩儿，原本就认识汤川吗？

她真的是古田的女儿清美的同学吗？

她突然出现在记者招待会上，念清美发给她的消息，仔细想想，这件事似乎很不寻常。

一个普通的女高中生，怎么会知道记者招待会的时间和地点呢？这个记者招待会本身也很不可思议！

细想起来，所有这一切都很不寻常！然而，把保本妙在记者招待会上的发言报道出来的那些媒体记者，似乎都没有注意到其中的不妥。

风很冷，但奈奈子觉得，吹吹冷风能让她放松下来。

那两个人——汤川和保本妙看起来很熟，他们明显不是第一次见面，应该很早之前就认识了。

那些所谓"古田清美发来的消息"，会不会是汤川让那个女孩儿念的呢？

如果真的是这样，他为什么要让她这么做呢？

"想不明白……"奈奈子自言自语道。

这时，一辆车从奈奈子的身边开过去，又突然减速停了下来。

奈奈子停下脚步,那辆车的车门打开了。

"嗨!"

汤川从车上下来,他的脸上挂着一贯的笑容。

"刚才没事吧?"汤川关切地说道,"我送你回去吧!"

"没事,不用了!"奈奈子从容地说道,"我一个人能回去!"

"别那么客气嘛!"汤川摇摇头,"啊,你是怕我喝了酒,不能开车,是吧?这个你不用担心,因为不是我开车!"

汤川刚才是从车后座下车的。

驾驶座旁边的车窗玻璃降了下来。

"我开车的技术很好哦,你尽管放心!"

说这话的不是别人,正是保本妙!

"你……"

"我已经十九岁啦!"

"你说你是古田的女儿的同学,你说的是假话吧!"

"我看起来还挺像高中生的吧?"保本妙得意地说道,"我可没喝酒哦!"

"有意思!"汤川轻浮地说道,"在那么多媒体记者中,竟然没有一个人想要确认一下她说的是不是真的!"

"你当时为什么说是我……"

"如果大家知道是我把古田从科长的位子上赶下来的话,那可就麻烦了。人们会同情古田,说我是坏人。作为P商社的董事,我必须避免让损害企业形象的事发生！"

"所以你就让她跟记者说,是我讨好你的？"

"这样舆论的矛头就指向你了。"

"你这样做太过分了！"

"大家很快就会忘了这件事的。现在是不是已经没人来采访你了？"

"可是,古田科长的家人对我……"

"他们可能会恨你,不过,他们也不能把你怎么样。"汤川耸耸肩说道,"你不上车吗？天气这么冷,小心感冒哦！"

"不用您担心,我没事！"奈奈子生气地说道。

"好吧,我不勉强你。"汤川刚要上车,又转过头来,"年后你就是科长了,这事儿已经定了！"

车开走了。

奈奈子呆呆地愣在原地。

十一、孤独的夜

"辛苦了!"

"年后见!"

"过个好年!"

下班时,同事们互相寒暄着,只有奈奈子还没收拾桌子。

就算早回去,也没有人在家里等她,于是她决定,把手头的工作处理完再走。

"你要加班吗?"

说这话的是岩本真由。

"再干一会儿,我就把手头这件事处理完了。你可以回去啦,大家都回去了。"

"嗯,可是……奈奈子姐,你没事吧?"

"我没事啊!我看起来像是很累吗?"

"那倒不是……"

真由欲言又止。

"我知道,你是看到没人跟我说'过个好年',是吧?大家都觉得我是冷血动物。"

"不是这样的!"真由大声说道,"懂的人都懂,你不是那样的人!"

"谢谢,只有你一个人这么说,我也很高兴了!不过,年后我就是科长了,谁也不会恭喜我吧!"

"可是,你是最适合当科长的人,这一点,大家很快就会明白的!"

"嗯,是啊!"奈奈子微笑着说道,"你要回老家,是吧?你快回去收拾一下吧!"

"嗯,那我先走啦……"

真由好像还有一点儿担心似的,不过,她得回去收拾东西准备回老家了,于是,她大声地说:

"过个好年!"

奈奈子笑着目送她走出公司。

"接下来……"

奈奈子手头的工作并不多。

"今天把所有工作都完成吧!"

从明年开始,她就是科长了,这件事已经正式公布了。

她是这个公司的员工,不能再拒绝公司高层的这个决定了。

听说古田的妻子寿子和孩子清美、和夫都已经康复了,但奈奈子不知道他们怎么看待她。

奈奈子很想去看望他们,但又不知道他们是怎么想的。如果她的露面导致他们的身体情况变差,那就糟糕了,还是先过完年再说吧!

就连奈奈子自己都觉得这是在逃避,但眼下她只能这么做了。

"回去吧……"奈奈子自言自语着,开始收拾桌子。

她的手机响了,是母亲打来的。

"喂,妈……"

"今天就开始放假了吧?"

母亲竟然记得放假的日期。

"嗯,我现在正要往回走呢!"

"你回来吗?"

"我不是跟你说了嘛,久美工作太忙了……"

"我知道,就回来一两天也不行吗?"

奈奈子虽然回家心切,但久美三十一号和元旦都要工作,听说晚上也要工作到很晚。作为姐姐,奈奈子很担心久美。

"嗯,那我们尽量二号晚上回去吧。"

这样的话,奈奈子就没法儿悠闲地度过假期了,不过她明白父母的心情,两个女儿都去了东京,他们肯定很孤单,所以,奈奈子决定,至少回去一两天。

"到时候我再联系你!"

"嗯,等你电话啊!"母亲兼代说道,"久美好像很忙啊! 她漂亮多了,像变了一个人似的!"

"她有专业的造型师啊!"

"哦,对了,我还有件事要跟久美说!"

"有事跟久美说? 什么事啊?"

"等见面再说吧! 你们要注意保暖,别感冒了啊! 好好睡觉!"

"知道啦! 那我回头再给你打电话吧!"

和母亲通话之后,奈奈子觉得心情好多了。

不过,她依然感到孤单。最近,久美每天都很晚才回来,特别是从现在到新年这段时间,她甚至说"可能要住在台里"。

"没办法,一个人吃完饭就回去吧!"

奈奈子穿上了外套,走出写字楼,有个人突然出现在她面前。

"啊,你刚下班吗?"

奈奈子一时没认出那个人是谁,她仔细辨认了一下,轻声惊叫道:

"林哥?"

"我在附近拍摄外景,我想你也许会在公司,就过来看看。"

林克彦……不,现在他是演员泷田克夫。

林克彦的变化让奈奈子大吃一惊。

他穿的是名牌时装,给人一种派头十足的商务精英的感觉,但更让奈奈子惊讶的是他气质上的变化,现在的他跟在公司上班时的他简直判若两人。

"一起吃晚饭吧!"奈奈子说道。

"太有意思了!"在一个坐满年轻人的餐厅里,奈奈子边吃边说道。

"什么?"林克彦喝了一口红酒。

"你上了那么多次电视,竟然没人发现你就是被通缉的人!"

"是啊!我已经想开了,警察什么时候来抓我都行!"

"不过,对现在的你来说,就算警察站在你面前,你也可以理直气壮地应对他们。这样一来,他们反而更不会认出你!"

"可能是因为我借用了你的姓!"

"我的姓真有这么厉害就好啦!"奈奈子笑着说道。

过了一会儿,林克彦似乎想起了什么,严肃地说:

"那个新闻我看了,我很气愤!你不可能做出那样的事情!不过,我最近拍戏很忙……"

现在,"泷田克夫"作为一个"风格沉稳、演技老练的演员",已经越来越红了。

"人的命运真是无法预料啊!"奈奈子感叹道。

两个人相谈甚欢,不知不觉已经微醺。

"那……"奈奈子在地铁站门口停下脚步说道,"过个好年!"

两个人情不自禁地握起了手。

他们就这样握着手，谁也不愿意松开。

"林哥……"

"就这样，再待一会儿……"

奈奈子微微点头。

两个人紧挽双臂，并肩而行。

寒风呼啸，但他们已毫不畏惧。

"我回来了……"奈奈子走进玄关时说道。然而，没有人回应她。

久美还没回来，现在已经是晚上十二点多了。最近，她有时夜里两三点才回来。

不过，奈奈子还是想：万一久美正好今晚回来得早呢？于是，她匆匆离开了酒店。

"啊……"

她只脱了外套，就让身体陷进了沙发里。

"得洗个澡！"

奈奈子连澡都没洗，就穿上衣服出了酒店。

"我竟然和林克彦——不，是和演员泷田克夫发生亲密关系了！"

此刻的她虽然有一点儿空虚，但并不后悔。

"真是没想到啊……"奈奈子喃喃自语道。

要是面对以前的林克彦，她怎么也不会允许发生这种事情吧！虽然她对他很有好感，但从未把他当成一个"男人"看待。

然而，现在的林克彦是闪闪发光的。

自从作为演员意外成名以来，他便浑身散发着光芒。自信使他挺直了腰杆儿，他的温柔体贴让奈奈子感受到了他的男性魅力。

于是，奈奈子自然而然地被林克彦拥在怀里，尽管两个人都没有什么经验，但他们还是度过了一段非常美好的时光。

虽然明天不上班，但奈奈子还是说了句"我得回去了"，便离开了酒店。

奈奈子心里想：万一久美正好今晚回来得早呢？

然而，这种事并没有发生。

"我也不能一直这样干等着，还是先去洗澡吧！"

新年假期从明天开始，她可以睡懒觉了，所以今晚就放纵一下，晚点儿睡吧！

奈奈子洗完澡出来，正好放在桌上的手机响了。

"喂？"

"啊，今天晚上……谢谢你！"

是林克彦打来的。

"你回去了吗？"

"没有，我想在这里睡到明天早上。"

"也行，你明天的工作多吗？"

"工作从明天傍晚开始。奈奈子，我很对不起你……"

"为什么这么说？"

"我是被通缉的人，要是我被抓了，会给你造成麻烦的……"

"别这么说！"奈奈子用有些强硬的语气打断了他，"我不是小孩儿，我已经是三十六岁的成年人了，我会对自己做过的事负责的！"

"奈奈子……"

"即使只有这么一次，我也不会后悔！"

电话里沉默了一会儿。

"谢谢！"林克彦说道，"可我不想只有今晚这一次！"

"是啊……可是，咱们也都不年轻了，不能太心急！"

"还是你更成熟啊！"林克彦笑着说道，"说实话，我是第一次和女人做这种事！"

"我也差不多啦！"奈奈子有些难为情，"不好意思啊，我洗完澡刚从浴室出来，再说一会儿就要感冒啦！"

"啊，对不起！那你快去收拾吧！"

"嗯，晚安！"

奈奈子很安心地挂断了电话。

他这个人真的很不错呢！

"阿嚏！"

奈奈子突然打了一个响亮的喷嚏。

手机铃声响起，奈奈子从睡梦中惊醒。

"啊……"

她在床上摇了摇头。

"现在是几点啊？"

奈奈子伸手去摸手机。

"三点？是凌晨三点！"

电话是久美打来的。

"喂？"奈奈子好不容易坐起来接听了电话，"是久美吗？"

"姐……"久美的声音有些颤抖。

"怎么了？"

"对不起……姐，帮帮我……"

"你怎么了？出什么事了？"

"帮帮我……我不知道该怎么办……"久美好像在哭。

"到底怎么啦？你现在在哪里？"

"N 酒店……"

"在酒店的房间里吗？房间号是多少？"

"嗯……1802。"

"知道了，我马上过去！你在那里等着我，好吗？"

"嗯，对不起……"

"待会儿再说！"

奈奈子已经完全清醒了，她猛地从床上跳起来，穿上了衣服。

她走出公寓时，正好附近停着一辆出租车，乘客正在下车。

她急忙跑过去。

"帮帮忙！让我上车吧！"奈奈子喊道。

司机嘟哝道：

"我都要回去了……"

"到 N 酒店！求你了！"

见奈奈子语气坚决，司机只好让她上车。

凌晨三点的马路空空荡荡的，奈奈子到 N 酒店只花了不到二十分钟。

"1802……"

奈奈子觉得电梯升得太慢了。

终于到了十八楼，奈奈子开始寻找 1802 房间。

送餐小推车放在走廊里，大概是房客吃完饭后，把小推车推到了房间外面，而小推车对着的房间正是 1802 房间。

奈奈子按了门铃，门马上开了。

"姐！"

久美立刻抱住了奈奈子。

"别怕！我来了，没事了！"

奈奈子走进房间，关上了门。

"又不是悬疑电视剧，房间里不会有尸体吧？"奈奈子心里默默祈祷着。

"这里只有你一个人？"

"嗯……不是，原本砂川也在这里……"久美吞吞吐吐地说道,"对不起,我不知不觉就和他发展成了这种关系……"

"我知道。"

"你都知道了?"

"我能不知道吗?砂川现在在哪里?"

"他回去了……我们的事,被他老婆发现了!"

"她肯定会发现啊!这种事情一般是瞒不住的!"奈奈子平静地说道,"然后呢?"

"我……我和砂川走进这个房间时,被别人拍下了照片!"

"照片?被谁拍了照片?"

"一个娱乐周刊的记者……砂川是当红的制作人,而我也是……"

"一对完美的组合啊!拍照的人呢?"

"跑了。砂川追了他一会儿,可是电梯太慢……"

"那你也回去就行了啊!"

"我也是这么想的……不过,我还是回到了房间,跟砂川商量该怎么办。然后,砂川的老婆就给他的手机打了电话。那个拍照的人好像把今天的事告诉了他老婆,她知道我们在这个房间……"

"然后呢?"

"她说她马上过来,现在应该快到了!"

"可是,砂川呢?"

"他说我们两个都在这里的话,他老婆会大发雷霆的!"

"所以他就自己走了？就这样把你一个人扔在这里吗？"

"不过……他也没办法。我本来就知道砂川有老婆，有个三岁的孩子，还跟他在一起……"

"那他也太过分了吧！"

他老婆杀过来，他却把久美一个人扔下，自己逃走，这个人太过分了！可是，现在跟久美说这些也没用。

"姐，对不起……"

久美看起来很沮丧，其中一个原因当然是她知道自己和砂川已经结束了，与此同时，她好不容易做到现在的记者工作也马上就要丢掉了。

记者和制作人之间的丑闻……

"等一下！"奈奈子突然问道，"久美，那个人拍到你的脸了吗？"

"啊？嗯……"久美想了一下说道，"应该没有，砂川的脸应该是拍到了，我戴着墨镜，衣领也是竖起来的，所以应该没有拍清楚……"

奈奈子脱下了自己的外套。

"把你的外套给我！"

"嗯……"

奈奈子披上了久美的外套。

"墨镜！"

她又戴上了久美的墨镜。

然后,她竖起了外套的衣领。

"怎么样？分不清是你还是我吧？"

"姐……"

"发型好弄。久美,咱们把里边的衣服和鞋也换一下吧！"

"可是……"

"你做记者好不容易做到现在,这件事咱们要是能应付过去就没事了,不是吗？"

"姐……"

"快！快脱衣服！待会儿他老婆就要来了！"

两个人急忙换了衣服,奈奈子勉强穿上了妹妹的衣服。

"咱俩再把鞋换了,说照片上的女人是我,没有人能看出来吧？"

"可是……这样可以吗？"

"听我说！这件事作为丑闻被曝光,不仅仅因为砂川是当红制作人,还因为你也是电视上的名人！如果女主角换成我,一个普通的白领,这件事就不会上新闻了！"

"嗯……"

"快！脱鞋！在他老婆来之前,你赶快出去！"

"那你呢？"

"我在这里等她！然后跟她说,我是一时冲动才和砂川搞外遇的,然后向她道歉！"

"这怎么行？"

"不试试怎么知道不行？你快走吧！"

"嗯……"

"你出去以后，给砂川打个电话说一下，让他别说漏嘴了！"

"好，谢谢姐！"

"快走吧！"

奈奈子把久美推了出去，一个人留在房间里。

就连她自己都觉得这件事很离谱儿，但人往往会相信荒唐的话。

"硬着头皮试试吧！"奈奈子一边自言自语，一边在床边坐了下来。

不到十分钟，门铃就响了。

奈奈子挺直了腰，向房门走去。

"等候多时了！"奈奈子开门说道。

砂川的妻子一看就是一个美女，她看起来比久美还要上镜。

她看到奈奈子后，有些困惑地问：

"你是谁？"

"我叫泷田奈奈子。我的妹妹久美受到您丈夫很多关照！"

"你是她的姐姐？"

砂川的妻子走进房间，环视了一下问：

"我老公呢？"

"他回去了。他刚走一会儿，你就来了。"

"我叫砂川惠子。"砂川的妻子说道，"当时在这个房间里的是你？"

"是的,对不起！"奈奈子深深地鞠了一个躬,"我妹妹受到您丈夫很多关照,所以我请他吃饭想表达一下感谢。吃饭时不小心红酒喝多了,就被您丈夫带到了酒店……"

"和我老公搞外遇的是你？"

"是的,您之前不知道吗？"

"不是,我还以为……"

"您不会以为他和我妹妹在一起了吧？怎么会呢？她还只是个孩子,比我小十一岁呢！"

"是吗？你是单身吗？"

"是的。"

"挺普通的啊！"惠子审视着奈奈子说道,"跟电视圈的人完全不一样。难道他现在喜欢这种类型了？"

惠子在沙发上坐下,继续问:

"你叫奈奈子,对吧？"

"是的。"

"咱们聊聊吧？"

惠子格外亲切的语气让奈奈子有些困惑。

十二、跨年夜里

钟声在冷得像要冻结的空气中回响。

"辞旧岁,迎新年!"

喧闹的红白歌会瞬间被切换成某地寺院,电视里只有钟声响彻夜晚。

"啊,新年了……"奈奈子想道。

奈奈子在二十几岁时,也曾和很多人一起热热闹闹地喝酒迎新年,而现在,只有她自己孤孤单单地看着电视过新年。

其实她本来应该和妹妹久美一起跨年的,可久美要在 N 电视台的跨年直播节目中出镜。

奈奈子正在用录像机录着久美要出镜的节目。这个节目要一直播放到元旦凌晨,不知道久美会在什么时候出镜,所以,奈奈子决定先录下来,以后再回放观看。

"还有十分钟……"

十二月三十一号和元旦都是二十四小时,跨年的倒计时后,人们却有焕然一新的感觉,这很不可思议。

奈奈子已经洗了澡,穿着睡衣待在公寓的客厅里。她倒上了红酒,独自对着电视小酌。

"可是,还是太冷清了……"奈奈子不禁喃喃自语道。

电视里的主持人开心地说:

"对大家来说,过去的一年是怎样的一年呢?"

"是莫名其妙的一年!"奈奈子脱口而出。

从去年年底开始,各种事情突然找上门来。

先是久美离家出走,没想到她竟然走上了记者这条路。不光是奈奈子,就连老家的父母肯定也没有想到吧!

与此同时,同事中尾琉璃竟然被人杀了!而且,她是在和自己见面前被杀的!

奈奈子所在的公司 AB Culture 也变成了 P 商社的子公司,接着,各种厄运接踵而至。

古田科长用刀捅了老婆和孩子们后自杀了,然后,她成了科长。

奈奈子一想到年后去上班的情形就心情沉重。

还有五分钟就要跨年了。此时,她的手机响了,是久美打过来的。

"喂,姐,你在干什么呢?"

久美的声音听起来很兴奋。

"我在看电视呢。反正我也没什么其他事可做。"

"是吗？还有五分钟啦！"

在电视台工作的人，对一分一秒都很在意吧。

"你不是也要出场吗？"

"很遗憾，我这种新人是不能在零点出场的！"

"那你现在正在休息吗？"

"嗯，我在吃夜宵，三明治。"

"你大概几点出场啊？"

"凌晨两点左右吧。要看演播室里的节目录制情况，不过大概是在两点，我要去做街头采访。"

"那个时间还有人在街上吗？"

"听说是有的！你不是比我更清楚嘛！"

还真是如此。从跨年夜熬到元旦早晨，久美应该是第一次。

两人聊着聊着，新年零点就快到了。

"啊，还有十秒！九，八，七……"久美兴奋地叫起来，"姐，新年快乐！"

"新年快乐！"

奈奈子一边和妹妹聊天儿，一边想：

"年轻真好啊，无忧无虑的！"

因为要去准备采访，久美很快就挂断了电话。

"那件事，她好像已经完全忘了呢！"奈奈子自言自语道。

那天，在酒店的房间里，久美垂头丧气，好像"一切全完了"。

结果，照片事件不了了之，她已经不必为此担心了，而这并不是因为当时奈奈子当了久美的替身。

两人虽然互换了衣服，但是对奈奈子来说，久美的衣服还是太小了。

砂川的妻子惠子到底是个女人，目光十分敏锐，她一眼便看出奈奈子当时穿着的衣服并不合身。

"咱们聊聊吧！"

听到惠子这么说，奈奈子一下子不知所措。

"你说的话，我可以相信。"砂川惠子说道，"我跟拍照的人说是我搞错了，照片就不会被公开。"

从惠子的语气中，奈奈子得知，自己被看穿了，继续撒谎也没有意义了。

"好的。"奈奈子说道，"然后呢？"

"我想让你帮我一个忙。"

"帮忙？"

"其实我当初和你妹妹一样，也是未来女主播的人选。"惠子说道，"可是，在我正式出镜之前被砂川盯上了。在我结束了培训和外地工作、前途一片光明的时候，却被砂川带到了酒店……"

惠子耸了一下肩膀。

"不过，砂川也失算了——我意外怀孕了。刚开始我还不知道，后来我在工作时发现不对劲儿，去医院检查才发现自己怀孕了,但那时已经不能流产了……"

"那您的儿子就是……"

"嗯,那时候怀的孩子就是市郎,现在他已经三岁了。因为这件事,砂川只好跟我结了婚。不过我们约定,我和他这个知名制作人,只做表面上的恩爱夫妻。"

"也就是……'假面夫妻'?"

"可以这么说吧。不过,我结婚后,做了主妇和母亲,还是很幸福的,但砂川他……"

惠子的脸上闪过一丝阴影。

"他以为我为了跟他结婚,故意隐瞒了怀孕的事。他这么想,我心里很难受!"

"是啊……"

"我想,等市郎出生了,到他一两岁的时候,砂川也就不会再拈花惹草了吧。可是,他还是老样子!"

"他把我妹妹……"

"啊,我很同情她。告诉你,你妹妹并不是第一个!"

"是吗?"

"不过,我觉得她是砂川喜欢的类型。从砂川让她当记者的时候开始,我就知道,他看上你妹妹了。"

"啊……"

"现在我已经看透了,我不恨他。"

"那您要我帮什么忙呢?"

"很简单，"惠子说道，"我想和他离婚！"

"啊？"

"但是，如果打离婚官司的话，我要把他所有的东西都夺走，当然也包括市郎。我需要一个看起来不可能站在我这边的证人，比如你。如果证人一看就是我这边的人，那不管其说什么都不会让人信服，对吧？不过，如果你是证人的话，即使你说一些对我有利的证言，别人也不会感到可疑。"

奈奈子虽然大概听懂了惠子的意思，但还是有一点不明白。

"难道……您喜欢上其他男人了吗？"奈奈子问道。

惠子有些不悦地说：

"当然！你现在才明白吗？"

电视节目里，明星云集的演播室充满欢声笑语，热闹非凡。

奈奈子已经无心看电视了，不过她想：在喝完这杯红酒之前，就这么开着电视机吧。

她换了几个频道，大部分电视节目都大同小异。

"睡觉吧……"她自言自语道。

元旦的工作结束后，久美也可以休息了。她们可以在二号早上出发，回老家待一两天。

虽然这样安排造成的旅途劳顿，会使她们不能悠闲地休假，但考虑到父母的心情，就算累点儿也得回去。

"啊！"惊讶的奈奈子叫出了声。

换台后，她突然在电视上看到了林克彦！当然，他现在是演员"泷田克夫"。

这个节目好像是在介绍他们去年拍摄的电视剧，电视里出现了那个战败士兵的镜头。

林克彦以这部电视剧为契机，又参演了其他的电视剧，这让他成了娱乐圈的热门话题。

奈奈子忽然想起自己和林克彦一起度过的那个夜晚，但那仿佛已经很遥远了。

可是，奈奈子还是很担心，如果"泷田克夫"有一天被人认出来，那么他就是被通缉的林克彦了。

那个认为林克彦不是凶手的 N 警察局的武川警官，后来怎么样了呢？

奈奈子当然知道林克彦不是杀害中尾琉璃的凶手，但是，真正的凶手是谁呢？

还有一件事，奈奈子也很在意，那就是久美从水池里救上来的那个女人后来怎么样了。

另一个女人冒用奈奈子的名字把她带出了医院，从那以后，便没有了她的消息。奈奈子的名字被冒用了，所以，当时那个女人很有可能和汤川一起在餐厅里！

可是，AB Culture 成了 P 商社的子公司，而汤川是 P 商社的董事。

碍于这层关系,她无法去盘问汤川。

"真是头疼……"

人生不如意事十之八九。年岁更替,而这句话却从未改变。

凌晨一点多,奈奈子上床睡觉了。

"我要睡到中午!"她雄心勃勃地说道。

反正元旦也没有需要早起的理由。

以前,奈奈子喜欢去看新年的日出,现在她觉得还是睡个懒觉更好。

奈奈子估计,久美得到天亮才能回来,便给她留了一张字条:

"饿了的话,冰箱里有炒饭。"

接着,她便睡着了。

她被手机吵醒时,才凌晨三点多。

是久美吗? 不是。

"喂?"

"不好意思,凌晨给你打电话!"电话里传来一个女人的声音。

奈奈子觉得这个声音有些耳熟。

"我是 M 医院的滨口泰子。"

"啊,您好!"

"不好意思,这么晚打扰你!"

"没关系！您有什么事吗？"

"我今晚值班。"

"您从跨年夜就开始值班了吗？"

"是啊,因为很多同事休假了。"

"真是辛苦您了！"

"跟你说件事,刚才有人往医院打了个电话。"

"是谁啊？"

"是一个男人。他问了那个女人的事,就是被冒用你名字的人带走的那个女人！"

"他说了什么？"奈奈子一下子清醒了。

"他说自己是她的朋友,问我那个女人有没有回医院。"

"他问的确实是那个女人的事吗？"

"我觉得是。一般来说,如果打电话的人和那个女人是朋友的话,他肯定知道她的名字,对吧？但我问他,他没有说。这很奇怪吧？"

这么说,那个女人可能是从这个男人手里逃出来的！

"医生,如果她真的去了医院……会怎么样呢？"

"刚才有人看见,一个穿睡衣的女人在医院附近徘徊,样子很像那个女人！"

"是在你们医院附近吧？"奈奈子边说边换衣服,准备出门,"我马上过去！"

"不好意思！"

"没关系,我也一直很在意这件事!"

奈奈子挂断电话后,匆匆忙忙地走出了公寓。

"感觉今年也不会清闲啊!"奈奈子不禁喃喃自语道。

此时是元旦凌晨三点多,路上偶尔有出租车驶过。

奈奈子庆幸现在还能打到车。她叫住了一辆没有载客的出租车,上了车,向 M 医院赶去。

出租车司机是一个五十岁左右的男人,见她在这个时间去医院,他有些好奇。

"是谁身体不舒服吗?"司机问道。

"啊……嗯……这个……"奈奈子一时不知道该如何解释。

"啊,我问了不该问的事,不好意思!"司机可能觉得奈奈子是一个"有难言之隐"的女人,"我知道一条近路,咱们从那里走吧!"

他突然加快了车速。

走这条近路,确实比走大路更快到达医院。他们到了 M 医院的后面。

"我把你送到前门那里吧?"

"不用,"奈奈子对司机说道,"我在这里下车就行。谢谢!"

深夜开车不容易,奈奈子想多给他一点儿钱。付钱后,奈奈子说:

"不用找了!"

"请多保重!"

司机是个心地善良的人。

奈奈子在 M 医院后面下车是有原因的。

医院后面有一些简易公寓,这些公寓之间有一个小公园。奈奈子看到小公园里闪过一个人影,那个人好像穿着白色睡衣。

出租车开走后,奈奈子向公园走去。寒冷的夜里,奈奈子呼出的气都是白色的。

在路灯的白色灯光下,奈奈子隐约看到一个穿睡衣的女人坐在秋千上。

她果然在这里!

奈奈子怕吓到她,在公园入口处停下了脚步。

"你……"奈奈子问道,"你去过这家医院吗?"

那个女人穿着睡衣,脚上穿着拖鞋,似乎很冷。

她看起来只有二十五六岁,可能是因为她太冷了,所以脸色苍白。女人一脸困惑地看着奈奈子,微微点了一下头。

"你很冷吗? 天气这么冷,你却穿得这么少! 咱们去医院吧,医生在等着我们呢!"

奈奈子一边轻轻地靠近她,一边拿出手机给滨口泰子打电话。

"喂? 滨口医生,我是泷田。我现在在医院后面的公园里……嗯,她在这里。"

"我去接你们!"滨口泰子说道,"稍等一下!"

"谢谢!"奈奈子收起手机,"已经没事了! 看,你的脸都发青了……"

奈奈子拍了拍她的肩膀。

突然，车灯的光照亮了公园。

奈奈子一惊，回头看去，一辆黑色的汽车停在公园门口，从车上下来两个男人。

"你们要干什么？"奈奈子挡在秋千前面问道，"你们是谁？"

两个男人一言不发。他们西装革履，乍一看像是上班族，可又散发着一种危险的气息。

一个男人拿出了刀！奈奈子瞬间打了一个寒战。

"你们要干什么？我喊人了啊！"奈奈子大声说道。可是，已经这么晚了，就算她大声呼喊，也不会有人听到吧！

"不想受伤的话，就赶快让开！"另一个男人说道，"你要是妨碍我们的话，可就不是受一点儿小伤的事了！"

"你们……"

遇到现在这种情况，奈奈子是不能逃走的，可是，她又不是空手道高手。

"你们为什么要冒用我的名字？"

奈奈子想拖延一下时间，滨口泰子正在往这边赶。

"你说什么？"

"你们把她从医院带走的时候，用的是'泷田奈奈子'这个名字吧！你们为什么要用我的名字？"

那两个男人困惑地对视了一下。

"你们怎么知道我的名字？快说啊！"

奈奈子不想挨刀子，可是，她的自尊心不允许她当场跑掉。

就在这时，一阵尖锐的汽车喇叭声传来，奈奈子惊讶地看去，是自己刚才坐过的那辆出租车。

司机从车窗里露出头来。

"你们在干什么？"司机大喊道，"再不住手的话，我可就要撞你们的车了！"

那两个男人犹豫了一下，立即回到车里，开着车离开了。

"你没事吧？"

出租车司机下了车。

"谢谢你救了我们！"

奈奈子的膝盖还在颤抖。

"啊，我刚才看见他们的车了。我寻思着，他们这么晚出来很可疑，就跟了回来。"

奈奈子长出了一口气。

"真是太好了！"

这时，他们看见滨口泰子跑了过来。

"泷田小姐！"她跑到近前说道，"刚才我在那边看到他们开着车跑了……"

"他们拿着刀威胁我们，幸好这位司机师傅救了我们！"

"那真是万幸啊！咱们先去医院再说吧！"

"好！"

奈奈子抱着穿着睡衣的女人的肩膀站了起来。

"啊,滨口医生……"

"啊?"

"新年快乐!"

奈奈子说完后,自己也感觉怪怪的,差点儿笑了出来。

这时,刚才一直神情恍惚的穿着睡衣的女人却大声笑了起来。

十三、回乡风波

"我们下次再回来！"

奈奈子在出租车里挥了挥手。

"你们要注意身体啊！"

母亲来给她们送行。

"嗯，你也要注意身体啊！"

出租车已经开走了，母亲可能没听见吧。

奈奈子关上车窗坐好，对旁边闷闷不乐的久美说：

"你至少应该跟妈挥挥手啊！"

可是，久美连看都不看姐姐，扭头看向车窗外。

"我知道你很生气，可爸妈也都是为你着想啊！"

"可是……"久美嘟起嘴说道，"那他们也不能什么都不跟我说，就突然让我去相亲啊！"

正月二号那天，久美休息，便和奈奈子一起回了老家。

不过,她们只能在家待两天。尽管如此,父母见到女儿们仍然很开心。

可是,在到家的那个晚上,母亲突然说:

"明天久美要去相亲啊!"

久美很生气,她现在完全没有离开东京回老家的打算。

可是,父亲和母亲说,久美的相亲对象是前任镇长介绍的。前任镇长一直很关照他们,不去相亲就拒绝不太好。

"先见一面再说!"父亲不由分说地吼道。

在这种情况下,久美被逼无奈去相了亲。

"我再也不回家了!"

久美大发脾气,奈奈子束手无策。

奈奈子决定先由着她的性子来。

其实姐妹俩原本打算坐今天傍晚的火车回东京,可是因为这场相亲风波,她们一早就出发了。

"太过分了!"久美抱怨道。

"嗯……不过,你已经拒绝了,这不就没事了嘛!"

久美的相亲对象是一个四十五岁的官员,听说他是一个相亲老手,相过二十多次亲,全都被拒绝了。

"你不能那么快就拒绝,这会让镇长很没面子的!"父亲沉着脸对久美说道。

最后,大家总算商量好,等过完新年假期再拒绝对方。

她们坐出租车来到车站时,正好特快列车十分钟后到站。

于是,她们赶紧买好了车票。

"你想吃盒饭吗?"奈奈子问道。

"都行……"久美还在气头上。

身为姐姐的奈奈子早已看透了妹妹的心思,久美不高兴的其中一个原因就是肚子饿了。

车站对面有一家特产店,正好刚开门。可是,现在时间太早了,店家还没有做好盒饭。

"那家咖啡店可以做三明治。"特产店的人告诉奈奈子。

不过,时间已经来不及了,奈奈子只好放弃买食物的想法,回到了车站。

"啊,你们还没走!"

母亲竟然站在那里。

"妈,怎么了?"

"这是我今天早上给你们做的,想让你们带着。"母亲把一个纸袋递给奈奈子,"在车上吃吧!"

母亲知道她们早上就会走,所以提前给她们做好了盒饭,刚才她们出门时,母亲忘记给她们了,又打车把盒饭送到车站来了。

"谢谢妈!"奈奈子微笑着说道,"久美也饿了,是吧?"

"嗯……"

久美当然也不能一直不消气。

"谢谢妈。"久美冷淡地说道。

"啊,火车来了! 我们上车了啊!"

"路上小心!"

母亲在检票口那里,向她们挥手告别。

火车刚开始加速,久美就迫不及待地吃起了母亲亲手做的盒饭。

奈奈子想过一会儿再吃,她眺望着车窗外的风景。

那个女人究竟是怎么了?

那天那个女人回到 M 医院,但她似乎完全不记得被人带走之后去了哪里。要是她再不恢复记忆……

可是,这是真的吗?

仔细想想,她独自到 M 医院后面的公园去也很奇怪,还有那两个男人……

要是那个出租车司机没留神儿的话,现在说不定……

还有,那两个男人为什么会突然出现?

奈奈子也想过报警,可事情完全没有弄清楚,报了警也没用。

她打算回到东京,再找 M 医院的滨口泰子商量一下。

想着想着,奈奈子就在座位上打起了瞌睡。

火车猛地摇晃了一下,奈奈子醒了,她发现久美不在身旁。

奈奈子还在想她是不是去了洗手间时,久美刚好拿着手机回来了。

"怎么了?"

"台里给我打电话了，"久美说道，"明天有个采访。"

"哦，你明天就要开始上班了啊！"

"嗯。"

奈奈子还可以休息几天。不过，休完假后，她就要作为"科长"去上班了。一想到这里，奈奈子便觉得心情沉重。

"咦？"

奈奈子的手机响了，来电显示的是一个陌生号码。奈奈子小心地接了电话。

"喂……"

"是泷田奈奈子吧？"一个女孩儿的声音响起。

"是的……"

"我是古田清美，古田诚二的女儿。"

"啊，是科长的……嗯……你的身体怎么样了？你的妈妈和弟弟呢？"

"他们还要在医院住一段时间。"清美说道，"我的伤势最轻。"

"是吗？我……"

"你就要当科长了吧？恭喜你！"

"清美……"

"我是不会原谅你的！"清美语气强硬地说道，"我一定会找你报仇的！"

"听我说……"

"我不想听你狡辩！"

"不是你想的那样！你听我说一下真实情况！那天的记者招待会上，那个女孩儿说你爸爸是因为我而自杀的，那个女孩儿根本不是你的同学，她说的我想当科长的事……"

电话被挂断了。

"姐……"

"你不用担心！"

奈奈子拿着手机站了起来，她离开座位，来到了火车车厢之间的连接处。

"唉，新年伊始就被人怨恨啊！今年又将会是怎样的一年啊……"

奈奈子已经开始对今年感到忧虑了。

他们会放假到正月四号。

奈奈子想：无论如何，假期的最后一天也得出去转转。

久美已经开始了电视台的工作，又回归了半夜才回家的生活。其实奈奈子本来想和妹妹一起去逛街的。

"人终究是孤独的。"奈奈子喃喃自语着，独自前往银座。

她想看场电影，电影院却都已经满座了。

现在电影院都是一座一票，不能站着看。当然，这个年纪的奈奈子也没有站着看完一场电影的体力。小时候的她，就算站着看电影也很开心。

现在就去吃晚饭还太早，奈奈子决定在商场买一份盒饭带回家。

要不要给久美也买一份盒饭呢？不过,她肯定会和那个叫砂川的制作人一起吃完饭再回家。

正犹豫的时候,奈奈子的手机响了,在商场这种喧闹的地方,有时是听不到手机铃声的。

电话是林克彦打来的,奈奈子有些惊喜,她接听了电话。

"喂……"

"林哥……"

缠绵一次之后,两个人反而欲说还"羞"了。

"新年过得怎么样?"奈奈子问道。

"我从昨天就开始工作了。"林克彦回答道,"当然,是'泷田克夫'开始工作了。"

"工作?是拍电视剧吗?"

"是拍一部电影,不过我演的是个小角色,导演突然来找我,让我参演。"

"你现在这么红啊!"奈奈子来到稍微安静一点儿的楼梯附近,"很吵吧?我在商场里呢。"

"我今天的工作结束了,"林克彦说道,"我可以跟你见面吗?"

他那礼貌的语气里,满是他对奈奈子的思念。

奈奈子犹豫了一下说:

"林哥,那天的事,我没有后悔,但闪电式的恋爱是很危险的,咱们都冷静一段时间吧……我有点儿自说自话了!"

"没有,你说得对!"

虽然他们有过一次鱼水之欢,但他没有表现出很强的占有欲,林克彦的这种感情让奈奈子感到很高兴。

"一起吃顿晚饭怎么样?我回去一趟,稍微打扮一下。"

"好啊!那咱们在哪里见面呢?"

"在 K 酒店的大堂吧。晚上七点可以吗?"

"当然可以!待会儿见!"

"我来订餐厅吧!"

奈奈子神采飞扬,急忙向公寓赶去。

然而,当她走到公寓三楼的时候,却看到一个人站在自己房间的门前。

这个男人穿着外套,呆呆地站在那里。

他是谁?

"请问……"奈奈子问道,"您有什么事吗?"

男人惊讶地看着奈奈子说:

"啊,姐!"

"啊?"

这个男人是谁?奈奈子好像在哪里见过他。

"不好意思,突然来拜访你们!不过,俗话说'好事不宜迟',我想尽快敲定一些细节!"

他怎么兴奋得声音都发抖了?还有,他刚才为什么叫我

"姐"？奈奈子心里十分纳闷儿。

"啊……"

她终于想起来了,这个男人是久美在老家被迫相亲见的那个人!

"嗯……您姓……"

"我姓广川。"

"啊,对,不好意思!"

"没关系! 久美小姐在家吗?"

"不在,久美上班去了。"

"是吗? 她在电视台上班,是吧? 刚过完年,她就这么忙啊!"

"是的……"

奈奈子心里默默盘算着,也不能一直让他站在走廊里,便对他说:

"不好意思,我开一下门……"

奈奈子让他进了房间。

"不好意思,家里太冷了!"

奈奈子急忙打开空调。她挂好广川的外套后问:

"您来东京是……"

"我也是从明天开始上班。上班后,我就没什么机会跟久美见面了。"广川解释道,"一想到这些,我就坐不住了,赶紧跑来了。"

"啊……"

这个人真是莫名其妙！奈奈子为了使自己稍微平静一点儿，去泡了杯茶给广川。

他好像是叫广川康士吧？

"'康'是'德川家康'的'康'。"奈奈子记得相亲的时候，他曾这样得意地说过。

广川可能是因为之前被拒绝太多次了，相亲时没什么精神，但是他的话非常多。

不过，他说的内容久美都不感兴趣。

这个人到底来这里干什么？

听他的语气，他和久美的婚事好像已经定下来了似的，可是，父亲应该已经帮久美拒绝他了呀！

"嗯……广川先生……"

奈奈子刚要说话，却听到广川说：

"啊，我真是太幸福了！能娶到久美这样又年轻又可爱的姑娘！"

奈奈子丈二和尚摸不着头脑。这到底是怎么回事？

"嗯……我出去一下，马上回来！"

奈奈子连忙站起来，拿着手机从玄关来到走廊，拨通了家里的电话号码。

"喂？"

"妈，我是奈奈子！"

"啊,怎么了?"

"什么怎么了?"

奈奈子把广川来东京找她们,一心准备和久美结婚的事告诉了母亲。

"啊,这件事儿啊……你爸应该已经拒绝他了啊!"

"可是,现在他来我们这里了!"

"等一下……他爸!"

母亲叫了一声父亲,接着两个人好像在说什么。

"快点儿啊……"奈奈子嘟哝着。

"奈奈子!"

父亲终于来接电话了。

"爸,这是怎么回事?"

"啊,这件事儿……我已经拒绝他了,至少我是表达过这样的意思了……"

"可是他完全没有理解啊! 这是怎么回事啊?"

"嗯……"父亲支吾了一会儿,"哎,久美那边完全没戏吗?"

"爸,这么说……"

"不,我是准备拒绝的,可是突然跟人家说'我们不能答应',我也说不出口啊!"

"什么?"

"在我拒绝之前,我先跟他说,'我女儿觉得,像您这样优秀的人想要娶她为妻,她感到非常荣幸!'然后我又说,'不过,我女儿毕竟太年轻了,社会经验也太少。'结果他说,'这些完全不是问题! 久美喜欢我,这就足够了!'"

"然后呢?"

"嗯……看他那么高兴,我就什么也说不出口了! 我就先回来了,想下次再跟他说……"

"爸,你怎么能说出这么不负责任的话?"

"你能不能帮我跟久美说说吗? 我看他不像坏人!"

"这还用说吗? 这显然不行啊!"

奈奈子无奈地仰天长叹。

"真是的! 没办法!"

奈奈子回到房间,看到广川在不停地翻着记事本。

"嗯……广川先生……"

"我刚才看了看记事本,这事儿还是早点儿办比较好。选一个下个月的吉日怎么样?"

"等一下,请等一下!"奈奈子打断了他,"广川先生,您听我说,您先冷静一下……"

奈奈子话还没说完,门就开了。

"我回来了!"久美进了门。

"久美……"

"我过会儿还要出去,要赶紧换一下衣服!"久美来到客厅,随口问道,"来客人了?"

"久美小姐,你是为了我特意回来的啊!"

广川两眼放光,他明明知道久美不是为了他回来的。

久美诧异地看着广川说:

"请问您是哪位?"

十四、河流之上

"请问滨口医生在吗?"奈奈子在护士站问道。

"滨口医生今天休息……"护士回答道,"请问您和她约好了吗?"

"没有。"奈奈子急忙说道,"她今天休息,那就……她明天在吗?"

"在。她跨年夜值班了,今天调休。"

"知道了。"

是的,跨年夜,她们救了那个失忆的女人。

滨口泰子大概也想休假吧。

奈奈子回到电梯间。

她很在意那个女人的事,但现在她和林克彦有约。

为了消除广川的误会,奈奈子费了九牛二虎之力才把一切解释清楚。

久美扔下一句"开什么玩笑"就急忙换衣服出门了,奈奈子只好一个人应付广川。

广川愣在那里,最后他似乎明白了,垂头丧气地走了。

这事儿本来跟奈奈子没有关系,但她觉得自己好像做了什么坏事。她匆匆忙忙地换好衣服就出门了。

还有一点儿时间,她决定先去 M 医院一趟。

"时间肯定来得及!"

从医院出来后,她来到外面的路上,准备打车。虽然打车挺奢侈的,但是待会儿要和林克彦约会,奈奈子想要心情愉快地去见他。

有一辆出租车开到了医院门前。乘客下车后,奈奈子就可以坐这辆车了。

奈奈子看到从出租车上下来一个女人,她快步走进医院。

"啊……"

刚才那个女人是滨口泰子吧?

虽然只看了一眼,但奈奈子觉得那个女人应该就是她。

当然,滨口泰子因为有事来医院也很正常。她决定先不想这些了,现在最重要的是……

奈奈子抬起手,叫住了那辆出租车。

"出什么事了吗?"林克彦问道。

奈奈子订的这家餐厅,是久美推荐给她的。

新年假期已经结束,餐厅也恢复了往常的样子。现在这里的顾客并不多,奈奈子和林克彦安静地吃着东西。

"你看出来了?"奈奈子看着林克彦。

"嗯,你的表情告诉我,除了你妹妹相亲对象的那件事之外,你好像还在担心什么事。"

"你看得真准啊!"

"我老是担心别人嘛,所以对别人的担心也很敏感。"

林克彦总是温和又沉稳。

意外成为演员而走红的林克彦,如今浑身散发着光芒。

"我总觉得有点儿担心……"奈奈子拿着红酒杯,摇了摇头,"跨年夜的事……"

"啊,那件事太危险了!你以后可要小心啊!"

"我知道,可是……"

"以后有什么事,你最好跟我说,不要总是一个人扛着!"

奈奈子微笑着说:

"谢谢!其实今天和你见面之前,我去了一趟 M 医院。"

奈奈子把看见滨口泰子从出租车上下来的事告诉了林克彦。

"她跟我平时见到的滨口医生完全不一样,怎么说呢?她十分匆忙,似乎很着急。我只看了一眼,就有这样的感觉!"

林克彦点了一下头。

"她没有注意到你,是吧?"

"嗯,她没往我这里看。"

"也就是说,今天她表现出来的是你没见过的另一面,也许,这才是她真实的样子哦!"

"可能吧。有一件事我一直觉得很奇怪……"奈奈子一边吃甜品一边说道。

"跨年夜里,那两个男人不是要带走那个失忆的女人吗?我为了拖延时间,就跟他们说:'你们从医院带走她的时候为什么要冒用我的名字?你们怎么会知道我的名字?'"

"然后呢?"

"然后,那两个男人完全不明白我在说什么,他们很纳闷儿,我觉得这是他们的真实的反应。"

"也就是说……"

"一个陌生的女人用我的名字把那个失忆的女人带走的事,是滨口医生跟我说的,所以,有人冒用我的名字带走失忆的女人这件事可能不是真的!"

"你觉得那个女医生撒了谎?"

"我希望这不是真的!可是,那两个男人的反应让我觉得这件事很可疑……"

"这样吧,"林克彦说道,"吃完饭,咱们再去那家医院看看!"

"林哥……"

"一直想着一件事却什么都不做,这不是你的性格!"

林克彦说的话让奈奈子很感动。

"那么，你陪我一起去吗？"

"当然！这个甜品真好吃！你尝尝！"林克彦说道。

"好冷啊……"

红酒带来的醉意消散后，奈奈子感受到了严冬袭人的寒气。

他们在医院门前下了出租车，一起向 M 医院走去。

"不过，现在已经十点多了，"林克彦说道，"咱们能进去吗？"

"正门已经关了。"奈奈子说道，"医院有个急救专用门，夜间也能出入，不过，不是急诊患者可能进不去……"

"那怎么办？"

奈奈子停下脚步。

"我知道了！"奈奈子说道。

"啊？"

"你听，有鸣笛声！"

"啊，是救护车！"

"应该是到 M 医院来的救护车，M 医院是这附近最大的急救医院！"

"你的意思是……"

"等救护车到了，现场肯定很混乱，咱们就趁这个时候溜进去！"

"这样能行吗？"

"不试一下怎么知道不行呢？"

林克彦笑着说：

"你的这种劲头儿真好，特别乐观！"

"面对这样的我，你会不会觉得很无奈？"

"不，我很佩服你！"

"真的？啊，救护车果然是往这边来的！咱们快走吧！"

两个人快步向 M 医院走去。

救护车应该是提前联系了医院，急救专用门打开了，护士们已经准备好了担架车，在门口等候。

奈奈子和林克彦在外面的路上等着，很快，救护车就开过来了，转弯开进了医院。

"走！"

奈奈子催促着林克彦，跟在救护车后面。

"拜托了！"

"好的！"

他们听到了工作人员的说话声。

"快送到急救室里去！"

护士正推着担架车往前走。

他们赶紧从救护车旁边跑过去，跟着护士们进了医院的大楼。

然后，两个人拐进走廊，来到一个昏暗的地方。

"没事了，他们没有发现咱们！"

"好刺激啊！"

林克彦已经气喘吁吁了。

"坐电梯太显眼了,咱们走楼梯上去吧!"

奈奈子率先上了楼梯。

"那个失忆的女人到底是什么人啊?"林克彦一边上楼梯一边问道。

"她自己都不知道,我就更不可能知道啦!"奈奈子说得很合理。

"也是,你说得有道理!"

"我觉得她肯定想起来了一些事,不过,装作什么都不记得才更安全……"

"也就是说……"

"嘘,快到了。"

奈奈子停下脚步,悄悄观察走廊里的情况。

护士站离他们所在之处还很远,护士站的旁边是电梯。

电梯门开了,一个穿着清洁工的工作服、戴着口罩的女人拿着拖把来到走廊。

"辛苦了!"护士说道。

她大概是要进行夜间的清洁工作。

那个女人走进了茶水间。

"咱们往哪里走?"林克彦问奈奈子。

"等一下,我觉得有点儿不对劲儿。"

"哪里不对劲儿?"

"嘘,快躲起来!"

奈奈子觉得那个做清洁的女人有点儿不对劲儿。虽然她戴着很大的口罩,奈奈子看不清她的脸,但总觉得好像在哪里见过她。

虽然她穿了清洁工的工作服,但体形是不会变的!

她的脚步、身姿……对,她一定是滨口泰子!

她为什么要乔装成清洁工,来到失忆的女人的病房所在的楼层呢?

奈奈子看到她从茶水间出来后,手里的拖把没有了。她戴着手套,还从口袋里拿出了什么。

一抹银光闪过,那是注射器的盒子吗?

难道她要用注射某种药物的方法杀死那个失忆的女人吗?她竟然要做这种事!

奈奈子差点儿跳出去拦住她。

这时,电梯门开了。

"又有急诊患者来了!"护士边说边走出电梯。

"好的!"

"就在这层楼处理吧!"

"好的!"

几个护士从护士站里匆匆忙忙走出来,开始工作。

此时,那个清洁工打扮的女人一惊,急忙躲进了茶水间。

奈奈子敢肯定那个装扮成清洁工的女人就是滨口泰子!不

管她有什么难言之隐,奈奈子都要阻止她!

"救护车到了! 快点儿! "

"好的! "

护士们的声音十分嘈杂,有两个护士跑到走廊里。

瞬间,奈奈子下定了决心。

"林哥,你来帮我! "

"好,怎么帮? "

"跟我来! "

奈奈子跑了出去。

救护车送来的是在交通事故中受伤的人,虽然不用做手术,但有很多伤口需要医生处理,这花了很长时间。另外,还有警察过来询问事故的相关情况,所以,很长时间之后,楼道里才恢复平静。

等这层楼安静下来,已经是三个小时以后了。

"女清洁工"从茶水间出来,悄悄地观察了一下走廊里的动静,做了一个深呼吸。

她从口袋里拿出注射器盒子,犹豫了一下,然后似乎下了很大的决心,向走廊走去。

"呼叫护士! "有人说道。

"女清洁工"一惊,回头看了一眼,然后快步朝那个病房跑去。她打开门,进了病房。

病房里很安静，很昏暗。她向最里面的那张病床走去，病床上的被子有隆起的形状。

她从盒子里取出注射器，大口喘着气，一把掀开床上的被子。

"女清洁工"惊呆了——床上根本没有患者！

那个隆起，其实是几个枕头做出的人躺在那里的形状。

愣住片刻之后，"女清洁工"立即把注射器放回盒子里，慌忙从病房走了出来。

滨口泰子在桥上停住了脚步。

现在朝桥下看去，看不见河水，只能看到漆黑一片，但能清楚地听见水声。

滨口泰子从口袋里取出装着注射器的盒子。

"还好没有……"她喃喃自语着，把盒子扔进河里，连水花溅起的声音都没有。

泰子双手扶着栏杆，低下了头。

突然，脚步声传来，泰子回头看去。

"滨口医生！"

"啊……是泷田小姐啊！"泰子看着奈奈子，"难道……是你做的？"

"是的。"奈奈子点了点头，"我相信，你是不愿意做那种事的，你肯定是有什么苦衷！"

“我……”

“谁也不知道，”奈奈子摇摇头说道，“她已经被送回原来的病房了。”

“这样啊……”

“滨口医生，请告诉我，你为什么要杀死那个女人？”

泰子无力地低下了头。

“不这么做的话……我的女儿就要被人杀了！”泰子痛苦地说道。

“你的女儿？”

“她是我二十岁时生的孩子……是未婚生育的。”泰子继续说道，“她现在已经十七岁了。我太忙了，也没有人帮我照看她，只能放任她不管……不知什么时候，她交了一些坏朋友，不去上学了……”

“然后呢……”

“那天，我训斥了她一顿，她就离家出走了，现在好像天天跟那些人混在一起……”

“她要被人杀了是怎么回事？”

“我被人威胁了。他们说，我要是不杀死那个失忆的女人，他们就给我女儿注射大量的药物……那样的话，她就没命了，她才十七岁……”

“他们是谁？竟然做出这种事！”

“我也不知道！但我的女儿确实在他们的手里，他们给我手机发了我女儿被绑在椅子上的照片。"

"太卑鄙了！"

奈奈子怒不可遏，连声音都颤抖了。

"不过，还好你阻止了我！"泰子说道，"即便是为了我的女儿，杀死了患者，我也没法儿活下去了！"

"我相信你！"奈奈子说道，"而且，你帮助过我，我知道你绝不是真的想这样做！"

"谢谢！"

泰子拉起奈奈子的手，泪眼汪汪地看着她。

"你的女儿在哪里，还没有线索吗？"奈奈子问道。

"没有……这么拖下去的话……"

奈奈子深呼吸了一下说：

"我帮你救她！"

"泷田小姐……"

"那些卑鄙的坏人，我必须好好教训他们！"

"可是……"

"滨口医生，搞不好的话，坏人可能会对你女儿不利，交给我吧！"

"谢谢你！"

泰子紧紧地抱住了奈奈子。

然而，说大话容易，奈奈子并不是夏洛克·福尔摩斯！

"滨口医生，"奈奈子问道，"你对医院非常熟悉，是吧？"

"嗯,是的……"

"把他们弄到医院里,这样的话……"

"可是,我们要怎么做呢?"

奈奈子想了一下说:

"咱们可以先让那个患者'死掉'!"

十五、侦探很忙

夏洛克·福尔摩斯也是要吃饭的。

当然,他也得买东西,而这些都需要一样东西——钱。

福尔摩斯肯定不是免费做侦探的,不过,他是怎么收费的,奈奈子就不知道了,毕竟,奈奈子也没问过他。

总之,不管奈奈子有多想调查这件事,她毕竟只是 AB Culture 公司的一个白领,如果她辞职,马上就得喝西北风了。

M 医院的医生滨口泰子的女儿被人监禁了,他们要求泰子杀掉失忆的女人,以此来换取女儿的平安。

奈奈子得知这件事后气得火冒三丈,说要帮泰子救出女儿。可是,新年假期结束后,她就必须去公司上班了。

而且,上班后的情形却是让她没有想到的。

"新年快乐!"

奈奈子作为质量管理部的科长,在下属面前讲话。

"从今天开始,由我担任科长。不过,我负责的工作和以前一样,没有变化,请大家知晓。"

去年,上一任科长古田自杀身亡,公司里传言,这是因为奈奈子夺走了他的科长位子,他才想不开寻短见的。

不过,去年奈奈子虽然是副科长,但她实际上已经在做科长的工作了。

她曾经非常担心,不知道下属们在她上任后会有怎样的反应。

"大家有什么意见和建议,请随时跟我说,可以发邮件,当然,直接来找我也行! 接下来,我们要应对学校新学期的文具供应,工作会很忙,请大家注意身体……"

话还没讲完,她的手机就响了。

"开始工作吧!"

幸亏有人来电话了,奈奈子可以早点儿结束讲话。她松了一口气,回到座位上。

刚才响铃的手机,是她成为科长后,公司给她配的工作手机。

"喂? 啊,你好! 新年快乐……"

工作上有往来的商店和学校,最近纷纷打来电话"恭贺新年"。

"今年也请多多关照!"奈奈子每次都用这句话作为结束语。

奈奈子最信任的下属岩本真出说:

"新年早早打来电话可不是普通的问候,他们是想让咱们设宴款待他们哦!"

可是,奈奈子现在可没有这个心情,她本来也不喜欢那种活动。

客户可能会因此对他们不满,但这也只能到稍有空闲的时候再说了。

奈奈子应付着这些电话,不知不觉一上午就过去了。

"真累啊!"

午休时间到了,奈奈子都没能马上站起来。

"你不去吃饭吗,科长?"岩本真由问道。

"别这么叫我啦!"奈奈子无奈地笑道。

两个人一起走出写字楼,外面的风寒冷而干燥。

"大家都有什么反应?"奈奈子问道,"我光忙着接电话了,也没注意看。"

"工作是工作,奈奈子姐,你不用在意这些!"

可是,奈奈子曾接到过古田科长的女儿清美打来的电话,说是要"报仇",她对奈奈子怀恨在心。

不过,她只是一个十几岁的小女孩儿,虽然她说要"报仇",但应该也不会做出什么荒唐的事来。

光是忙工作就已经让奈奈子头晕眼花了,她根本顾不上这些。

"吃荞麦面吧!"奈奈子说道,"我现在不能吃太油腻的东西了！"

　　而年轻的真由则不想只吃冷荞麦面，她还点了一份天妇罗。

　　"新年假期里发生什么事了吗？"真由问道。

　　"你看出来了？"

　　"我看你有点儿累。"

　　"这都被你看出来了！看来我的气色真的很差啊！"

　　奈奈子叹了口气。

　　于是，她便把一些说了也无妨的事告诉了真由——妹妹久美的"相亲风波"以及相亲对象误会之后来东京的事。

　　真由哈哈大笑。对被甩的广川来说，这可不是一件能笑得出来的事。

　　所有的麻烦事都跨年了。

　　中尾琉璃被杀害的事，奈奈子自己和被通缉的林克彦发生亲密关系的事，妹妹和电视台制作人砂川谈恋爱的事，还有砂川的妻子让奈奈子帮她离婚的事，还有滨口泰子和那个失忆的女人的事。

　　不管哪一件事，都没有得到解决。

　　奈奈子心不在焉地吃着荞麦面，唉声叹气。

　　下午五点，下班铃响了。

　　可是，谁也没有站起来。有个年轻的女下属想下班，但周围没有一个人打算走，她想站又不敢站起来。

奈奈子"吧嗒"一下合上笔记本电脑,站了起来。

"大家今天就工作到这里吧!"奈奈子说道,"接下来咱们每天都会很忙,今天是第一天,咱们就五点下班,回去放松一下吧!不管多忙,也要张弛有度!"

听奈奈子这么一说,大家都放松地笑了,然后便开始收拾东西,准备回家。

对文具生产商 AB Culture 来说,从现在到春季的新学年开学,是一年之中最忙的时候,有时会忙到连日加班,尤其是科长。

可是,有主业这么忙的侦探吗?

就在奈奈子收拾东西、准备下班的时候,她的手机响了。

"喂,我是泷田。"

奈奈子接听了电话。

"我是 S 医院的藤本。"

"啊,您好!"

她还记得藤本弥生,那是古田科长的妻子所住的医院的外科医生。

"如果您有时间的话,我可以和您谈谈吗?"藤本弥生问道。

"啊,当然可以!"

奈奈子心里暗自庆幸:幸好我今天没加班!

"久等了!"

在藤本弥生说话之前,奈奈子都没认出她来。

"啊……"

她们约好在 S 医院对面的咖啡店见面。藤本弥生穿着牛仔裤和皮夹克,看上去才二十七八岁的样子。

"不好意思,我只见过您穿白大褂的样子!"奈奈子抱歉地说道。

"外科医生要承受很多压力。"藤本弥生微笑着说道,"我每天上下班都是骑摩托车的,以此来缓解压力。"

"啊……这很符合您的气质!"奈奈子说道。

藤本弥生说她一个人生活,并且邀请了奈奈子共进晚餐。她们在附近的西餐厅一起吃了晚饭。

"古田的女儿已经出院了!"

奈奈子听说后感叹道:

"那太好了!"

"古田寿子和她的儿子和夫还没出院,他们的伤口比较深。"弥生说道,"不过,再过两周,他们应该就可以出院了!"

"那我就放心了!"奈奈子说道,"不过,她的丈夫去世了,她肯定很痛苦吧!"

"是啊!"弥生说道,"在那次记者招待会上,那个女孩儿说古田自杀是你害的……"

"是啊,这真是糟透了……"

奈奈子说自己根本没有做过那种事,但她没有说这是汤川设计的骗局。

不管怎么说,以汤川的身份,可以对奈奈子为所欲为。

"我挺担心的!"

弥生吃完饭后,点了一杯咖啡。

"她的女儿清美对主治医生说,她一定会报仇的,反复说了很多次!"

"是吗?她也给我打电话了……"

"啊,是吗?我本来想跟清美好好谈谈的,可是还没来得及跟她说,她就出院了。"

奈奈子叹了口气:

"谢谢您关心我!不过,她要是相信了电视上那些报道,恨我也是很正常的!"

"是啊,她只是一个十六岁的女孩儿,我想她不会做出什么荒唐的事来的,但是反过来想,正因为她这么年轻,万一想不开,也可能会做出无法挽回的事!"

"我会小心的!因为我没做过的事而被她寻仇,我也接受不了!"

"公司里没事吧?"

"我不知道大家心里怎么想,反正上班第一天,暂时没什么事。"

奈奈子很想告诉弥生这是汤川策划的骗局,但看到她为自己担心,奈奈子内心充满了感激,便不想把藤本弥生卷入这些是非之中。

她们各自付了钱,来到了外面。

"谢谢您特意提醒我!"奈奈子道了谢,"请替我问候古田的妻子和儿子!"

"好的。"弥生微笑着说道,"你很了不起啊!你不会记恨别人!"

"这是因为我以前谈恋爱总是被别人甩,习惯了!"奈奈子苦笑道。

因为藤本弥生的摩托车停在医院的停车场里,所以她回了S医院。

"真是个好人啊!"

至少有一个人相信她,这对奈奈子来说,已经是莫大的安慰了。

奈奈子准备穿过小公园,抄近路去车站。

所谓的小公园,其实就是人行道旁边的狭长空地,此时,那里很安静,应该没有行人。

奈奈子刚才还说自己"会小心的",可她觉得只有两三分钟的路,不必担心,便走进了小公园。

前方不远处,突然有灯亮起,正对着奈奈子照过来。

"那是什么?"

"轰轰……"

摩托车引擎的声音响起,前方的车灯向奈奈子直射过来。

虽然奈奈子的反射神经并不发达,但她也瞬间意识到,如果摩托车从正面向她撞过来,她可就惨了! 她的身体迅速做出了反应,慌忙闪身躲开。

"你要干什么?"奈奈子大叫道。

那辆摩托车停下后,掉了个头。

"停下!"

奈奈子的喊叫只是徒劳,摩托车再次向她冲过来。

奈奈子再次慌忙躲开,但她已经中了埋伏,另一边也有一辆摩托车,向刚刚躲开摩托车的奈奈子开过来。

奈奈子的腰被摩托车的车把撞到了,痛得差点儿跌倒。

他们不止两个人,黑暗之中,又有两辆摩托车突然亮起车灯,向奈奈子冲了过来。

"啊!"

奈奈子不禁大声叫了起来。她的衣服被刀划破了,因为她穿着外套和西服套装,所以没有伤到皮肤。

"住手! 你们住手!"被摩托车包围的奈奈子大声呼喊,"你们是谁? 为什么要害我?"

这些骑着摩托车的人戴着头盔,奈奈子看不见他们的脸。

"咔嚓! 咔嚓!"

他们每个人手里都拿着一把刀,刀刃闪着银光。

这下子,奈奈子没法儿逃脱了!

"上!"

有人喊了一声,所有摩托车同时向奈奈子冲过来。

四辆摩托车从四个方向袭来,只有会飞的超人才能躲开。

奈奈子当然不是超人。

在摩托车冲过来之前的几秒钟里,奈奈子想:我要完蛋了!今天白天外出时的交通费还没报销呢!抽屉里还有订货单据,明天我要是不在的话,同事们能知道这些事吗?

危急之际依然惦记着工作的奈奈子,简直是白领的楷模!

就在那四辆摩托车同时向奈奈子冲来的一刹那,又有一辆摩托车向奈奈子开过来。

这辆摩托车把那四辆摩托车中的两辆摩托车撞出去后,马上调转了方向。

"快上来!"藤本弥生的声音传来。

此时,奈奈子的反应速度快得连她自己都感到惊讶。她立即跨上弥生的摩托车后座,从后面紧紧抱住了弥生。

弥生的摩托车在公园里疾驰穿行,飞转的车轮扬起了人行道上的碎石。

奈奈子紧闭双眼,不敢乱动。

摩托车狂奔了好久,终于减速停了下来。

"已经没事了!"弥生说道。

奈奈子终于松了一口气:

"太感谢你了!"

"这里有一块淤青!"弥生在奈奈子的腰上贴了消炎膏药,

"你还有其他伤吗？"

"没有了！"奈奈子说道，"只是衣服被刀划破了！"

"只划破了衣服，没有伤到皮肤，真是万幸啊！"弥生点点头，"当然，衣服被弄破了也很可惜！"

这里是弥生所住的公寓。她一个人住，便把奈奈子带到了这里。

"你怎么会出现在那个小公园里呢？"奈奈子问道。

"我从医院骑车出来，本打算回公寓，正好看到那四个人聚在一起。"弥生解释道，"我看到那四辆摩托车一起冲出去，觉得有些不对劲儿，而且，他们还是朝你回家的方向开的，我担心他们是冲着你去的！"

"你救了我一命！要是没有你出手相救，说不定我现在已经死了！"

"是啊，至少也浑身是伤，大量出血……毕竟那个地方很少有人走！"弥生点头。

"可是，我不明白，那些人为什么要杀我？"奈奈子叹了口气。

"他们明显是冲着你去的，不是随机作案的！"

弥生给奈奈子冲了一杯热可可。

"你能想到他们是谁指使的吗？"弥生问道。

"其实也能想到几个人，不过，我没做过让人记恨的事……只是去年，我跟很多麻烦事牵扯到了一起……"

"你可以跟我说说！"弥生随意地坐在沙发上说道。

"啊……"奈奈子稍微犹豫了一下,"可是,如果把你卷入危险的事里,我会很过意不去的……"

"没关系!外科医生最擅长切除不好的东西,如果我觉得你说的事还是不知道比较好,我会马上把它忘掉的!"

"是吗?"

过了一会儿,两个人不禁一起笑了起来。

"你多大啊?"弥生问道。

"我今年三十六岁。"

"啊,我也是!"

"是吗?我还以为你比我小呢!"

"三十六岁可能是个喜欢冒险的年龄啊!"

"有这样的年龄吗?"

两个人已经变得亲密无间了。

于是,奈奈子便从久美突然来东京的时候讲起……

十六、旁观视角

有一个成语叫"和盘托出"，说的就是此时的奈奈子正在做的事。

在讲述的过程中，也有奈奈子犹豫该不该说的地方，但说着说着，她的话就像决堤的江水一样滔滔不绝，根本停不下来。

奈奈子讲的时候，有些地方她自己都觉得云里雾里，也有些地方话题跳跃太快，但藤本弥生既没有发问，也没有插嘴，只是默默地听着奈奈子的讲述。

结果，奈奈子一个人说了很长时间。她感觉这些就是她能想到的全部事情了，便停了下来。她的额头上渗出了细小的汗珠。

弥生又沉默了一会儿。

"不好意思，刚才一直都是我一个人叽里呱啦地说个不停！"奈奈子向弥生道歉。

"哪里的话！"弥生说道，"原来你自己一个人扛了这么多事情啊！"

听到弥生这么说，奈奈子也觉得确实如此。

"你也是长女吧？"弥生微笑着说道，"我也是。长女就是吃亏啊！奈奈子，咱们同岁，不用顾忌什么，随便聊吧！"

"啊……好啊！"奈奈子说着，也笑了起来，"我已经把这些乱七八糟的事都跟你说了！"

"你是指你跟那个姓林的人发生亲密关系的事？没关系啊，我很羡慕你呢！"

"啊？可是……应该有很多人追你，你都不知道选哪个了吧？"

"哪有！"

"可是……"

"跟男人约会的时候，我会不自觉地去观察他的脸色或指甲的颜色，然后跟他说：'你再这样下去会得肝病而死的！'他就被吓到了。我又说，'要不，我给你切掉吧！'对方可能觉得我是拿着手术刀的杀人狂，就再也不约我了！"

弥生的话把奈奈子给逗乐了。奈奈子也不知道她的话里，哪些是真的，哪些是假的，只觉得弥生是个有趣的人。

"话说回来，"弥生的表情突然严肃起来，"你可能被卷入了什么危险的事情里！"

"我？"

"嗯,可能你还没有觉察到!"

"为什么这么说?"

"有人被杀了啊!你的同事就在你所在位置的附近被害!从现在的情况看来,你的同事被害也许不是偶然事件,明显是有人刻意要杀害她。我想,她应该是知道了什么重要的事情!"

"她出事前也是这么跟我说的!可我们所在的公司,只是一家给学校供应文具的普通公司,跟那些危险的事完全不沾边儿啊!"

"这确实很奇怪,不过,其中肯定有什么内幕!"

"你这么一说,我也觉得……"

"今晚的事也很蹊跷!那些骑摩托车的男人肯定不只是想吓唬你,他们明显是要杀了你!下次,你要是再被他们袭击的话,恐怕就没有今天这么幸运了!"

"是啊……可是,我到底知道了什么事啊?"

"我也不知道!是你什么都不知道但他们以为你知道了,还是你不清楚自己知道的某件事十分重要呢?"

"可是,我实在想不出来自己知道了什么重要的事!"奈奈子歪着头苦思冥想。

"你和那个姓林的人之间的事,是偶然发生的,应该不是什么大事!"

"是啊!"

"但那个警察……他叫武川,是吧?"

"他说林哥可能不是凶手！"

"这件事有点儿奇怪！"

"为什么？"

"我认识一个人，他没犯罪却被警察怀疑涉及某一起案件，幸运的是，另一个嫌疑人被逮捕后，交代了自己才是那一起案件的罪魁祸首。虽然我认识的那个人现在已经清白了，但我那时想，警察一旦认定一个人是嫌疑人，可能会根据这个思路去侦破案件。而且，他都被通缉了，还有面子的问题，所以他这么说很奇怪……"

"那武川也是……"

"我想可能是这样，他知道你很同情林克彦，就故意接近你，因为他觉得林克彦可能会联系你！"

弥生的话让奈奈子感到震惊。

"他说那起案件也许是其他人干的，他是故意这么跟我说的，对吗？"

"我不能百分之百确定，但我觉得这种可能性很高！"弥生说道，"你跟林见面的时候，最好小心一点儿！"

"我真是……一把年纪了，还这么容易相信别人！"

奈奈子有些沮丧。

"不过，这也是你的优点。而且，那个姓林的人现在不是在演电视剧和电影吗？那个警察还没发现他，他现在过得还很快活呢！"

"嗯……连我都觉得他变成另一个人了！"

"你爱上他了？"

"这……我也不知道。我觉得自己已经不能像年轻女孩儿那样勇敢地谈恋爱了！"

"不会的，大部分女人，不管多大年纪，都是可能坠入情网的。不过很遗憾，我不是这种类型的女人。"

"不过，既然有风险，我最好不要再接近林哥了！"

奈奈子说这句话的时候，觉得心很痛，像是被针扎了一下。

奈奈子心里默默地想：我真的爱上林哥了吗？

"还有一个问题，就是关于那个失忆的女人的事。"弥生继续分析道，"这是个急需解决的问题，而且，它还涉及滨口泰子医生！"

"如果那个女人是被汤川推到水池里的话……"

"那个叫汤川的男人，跟这些事件有什么关系呢？他是 P 商社的董事，现在可以控制 AB Culture，那他确实有能力这样为所欲为，而且，他对你还有兴趣！"

过了一会儿，弥生又说：

"哎，咱们现在去一趟吧！"

"啊？去哪里？"

"去滨口医生所在的那家医院，我想去看一下那个失忆的女人！"弥生站起来，"我开车去，夜晚路上车少，去那里用不了多长时间！"

"嗯,可是……"奈奈子欲言又止。

"啊,对了,你的衣服被那些人用刀划破了!"

奈奈子向弥生借了一身衣服,穿上还挺合身。

于是,她们坐着弥生的车,前往滨口泰子所在的 M 医院。

"你说滨口医生有个女儿,我真的很惊讶!"弥生边开车边说道。

"你认识滨口医生,是吧?"

"她是我的学姐,我还曾经和她在同一所医院工作过!"

滨口泰子差点儿用注射器杀死那个女人,是奈奈子和林克彦打消了她这个恐怖的念头。

后来,滨口泰子给奈奈子打电话,说她接到了"计划推迟"的指示。

从那以后,奈奈子一直很担心,不知道滨口泰子现在怎么样了。

"晚上的路真通畅啊!"

她们只花了二十分钟就到了 M 医院。

"咱们现在能进去吗?"奈奈子问道。

"嗯,没问题,这里的很多护士我都认识!"弥生停下车回答道。

她们走到夜间急救专用门处,那里的护士也认识弥生。

"啊,藤本医生,您怎么来了?"

"我有个朋友在这里住院,我来看看朋友,很快就走!"

"没问题。请!"

护士爽快地让她们进了医院。

滨口泰子今晚没值班。

"你知道她在哪个病房吗?"弥生问道。

"知道,除非她换了病房!"

"走吧!"

她们在走廊里走着,发现在一排自动售货机旁边,站着一个穿着睡衣、披着对襟毛衣的女人,她正在买饮料。

奈奈子一惊,停下脚步。没错,她就是那个"失忆的女人"!

看到奈奈子的样子,弥生问:

"是她?"

奈奈子默默地点了点头。

那个女人拿着饮料瓶,刚要走,便看到了奈奈子她们。

她若无其事地移开视线,想和她们擦肩而过。

"啊……"

就在这时,她突然睁大眼睛,看着弥生。

"是你!"

"啊,好久不见啊!"弥生微笑着说道,"这不是矢吹美伽吗?"

"弥生!"

听到她们的对话,奈奈子诧异地问:

"这是怎么回事啊？"

"你真不愧是在剧团训练过的人啊！听说你在很投入地演一个失忆的女人？"

那个女人赶紧环视了一下四周。

"没想到在这里碰见你……"她喃喃地说道。

候诊室里很昏暗，大部分的灯都关了。

白天这里拥挤混乱，长椅不够坐，很多人都站在这里候诊，现在这里却连一个候诊的人也没有。

奈奈子、弥生和"失忆的女人"并排坐在长椅上。

"有段时间，我很想当演员。"弥生解释道，"我当时进了一个小剧团，矢吹美伽是我那时的后辈。"

"你这个优秀的外科医生怎么会去那里呢？"

"还是说说你吧！光靠正经的表演好像赚不到钱啊！"

"只要给我钱，我就演，在哪里演都一样！"

"强词夺理！"弥生笑道。

"你叫美伽，是吧？"奈奈子问道，"那天你从餐厅的单间里跑出来了，是吧？汤川当时叫的名字就是美伽！"

"把我从水池里救出来的是你妹妹，对吧？我得跟她道个谢！"

"不用谢！"奈奈子继续说道，"请你解释一下，这到底是怎么回事？"

"这……"矢吹美伽欲言又止,"如果我说出真相,我就惨了!"

"我们很担心啊!"弥生劝说道,"你在做着很危险的工作,可能会夺去别人的生命啊!"

"我不知道!"美伽倔强地说道,"我只是假装失忆住院而已。我只知道这些!"

"你多少能知道点儿什么吧?"

美伽耸了一下肩膀,对奈奈子说:

"你想知道的话,自己去问汤川好了,他那么喜欢你!"美伽冷嘲热讽地说道。

"他喜欢我?这怎么可能!"奈奈子一点儿也不相信。

"你不是靠着汤川才当上科长的吗?我听说是这样的!"

"什么?这是谁说的?"奈奈子气得差点儿跳起来,不过,她很快又平静下来,"就算汤川对我有意思,我也会拒绝他的!"

"总之,我对内幕完全不感兴趣!我只是在做别人委托给我的工作!"

弥生冷冷地说:

"美伽,你差点儿就被人给杀了!就算这样,你也打算装作一无所知吗?"

听到这话,美伽睁大了眼睛:

"你说什么?"

"你不知道吗?你差点儿就被人用注射器注射毒药害

死了！”

“别说了！你别拿这样的话来吓唬我！”

“我没有吓唬你！你知道滨口医生吧？她差点儿把你……”

“我不信！”美伽打断了弥生的话，“我什么也不知道！不知道！”

“汤川为什么把你推进水池？”奈奈子追问道。

“我是被别人推进去的，但是我没看见是谁推的！”

“这怎么可能？”

“这肯定也是汤川的圈套吧！他大概知道泷田奈奈子和她的妹妹会从这里路过，所以才把她推下去的！”弥生冷静地分析道，“那么，他的目的是什么呢？他把你推进冰冷的水池里，却没告诉你他的目的？”

“别问了！”美伽一下子站了起来，“我什么都不知道！”

她扔下这句话，便快步离开了。

“怎么这么巧？”奈奈子叹了口气，“你竟然认识她！”

“世上的事，有时就是这么巧啊！”

弥生摇了摇头说：

“可是，美伽什么也不知道！她这样坚持说自己什么不知道，可能是因为有人正在监视她！如果他们知道她和咱们聊过了，他们可能会以为她说了什么！”

“就算她说自己什么也没说，他们也不一定会相信！”

“他们叫滨口先不要动手害美伽，肯定是因为美伽还有利用

193

价值！”

"可是，她的利用价值是什么呢？"

"不知道。"弥生继续说道，"不过，我觉得这可能跟这家医院有关！"

"这家医院？为什么？"

"不知道，这只是一种直觉！"

"啊……既然我有危险，那久美可能也会被牵扯进来，是吧？"

"医院、AB Culture、P商社……有人把这三者联系在一起，在暗地里干着什么见不得人的事！"

"因此，那些人才把我弄到科长的位子上来，是这样吗？"

"也许是这样的，不过，他们可能也没想到上一任科长会自杀。"

"啊？不会吧！"奈奈子惊讶地睁大了眼睛，"AB Culture 的一个小科长，也做不了什么大事啊！"

"真的是这样吗？你所在的公司跟国外的公司有贸易往来吗？"

"有是有，不过，那只占公司业务的一成左右，公司会往东南亚地区和中东地区销售文具。"

"嗯……现在还不能确定啊，可能……"

奈奈子等着弥生的下半句话，但弥生马上耸了耸肩说：

"咱们先回去吧！"

弥生开车把奈奈子送到了附近的车站上。

有弥生这么可靠的朋友,奈奈子觉得心里很踏实。不过,她今晚差点儿被那些骑摩托车的家伙给害了,这件事让她仍然心有余悸。

奈奈子在电车里坐下,拿出自己的两部手机,她以为久美可能会联系自己。

然而,她的手机只收到一条短信,还是那部工作手机收到的。短信竟然是 AB Culture 的总经理朝井发来的。

"明早八点四十五分,所有科长以上的员工在大会议室集合。议题很重要,不准请假!"

新的一年才刚开始,公司会有什么大事啊?

奈奈子预感到,以后还会出更大的乱子! 想到这里,她不禁忧心忡忡。

十七、风波迭起

"公司上班的时间改成了早上九点!"

一位老科长在发牢骚,坐在他旁边的泷田奈奈子忍不住笑了出来。

她知道这位老科长曾对下属这样说:

"九点上班的意思是,九点就要进入工作状态了,所以要提前十分钟坐在桌子前面开始准备工作!"

会议早上八点四十五分开始。

刚休完新年假期,今天是假期后上班的第二天,总经理朝井就突然召开会议。

会议的议题到底是什么呢?

"你听到什么消息了吗?"

科长们互相打听着,但是似乎谁也不知道具体情况。

"泷田,你没从总经理那里听到什么风声吗?"

老科长突然问奈奈子,她有点儿紧张,但也只能老实地回答:

"没有,我什么也没听说!"

"是吗?我还以为你肯定能知道什么消息呢!"

老科长语气里明显带着讽刺。

"今天是我当科长的第二天!"奈奈子全力反击道。

然而,老科长又说:

"你和汤川的关系不一般嘛!"

奈奈子怒上心头,但转念一想,在这里和他吵只会助他的兴,便低头看手表。

通知说会议八点四十五分开始,可是现在已经八点五十了,朝井还没有来。

"新年假期好累啊!我还没缓过来呢!"

"是啊!我们回了一趟我老婆的老家,天天给那些熊孩子当司机,真是受不了!"

"而且,那些熊孩子还当面跟你要红包呢!"

"对!他们的妈妈不但不训他们,还说:'叔叔很有钱,肯定会给你个大红包的!'开什么玩笑!"

大家就这样闲聊着。此时,已经八点五十五分了,会议室的门被打开了,大家慌忙闭上了嘴。

朝井一边打着大哈欠,一边走进会议室。

他坐在正中间的座位上说:

"早!"

"早上好!"

有的科长像小学生似的大声喊着,而奈奈子只是小声地回应了一下。

"今天把大家召集起来,是有一件大事……"

虽然这是一句套话,但奈奈子实在想不出 AB Culture 有什么大事,需要搞得这么煞有介事。

"公司决定再上一个新台阶,积极向海外拓展业务!"

公司向海外拓展业务?听到这句话,在场的所有人都面面相觑。

AB Culture 并不是能在海外建工厂的大型企业,虽然也有一些出口业务,但十年前有人提议在纽约设立分公司的时候,就引得同事们哄堂大笑,此事也就不了了之了。

公司是因为经营惨淡才被 P 商社收购的,在这种情况下,公司还要"向海外拓展业务"?

"当然,P 商社也有这个意向。"朝井继续说道,"我想借助国际化大企业 P 商社的力量,让 AB Culture 名扬世界!"

朝井胸怀大志,这很好,可是,所有人都会觉得这是在做白日梦吧?

大家用眼神互相交流,明显是在说:

"总经理是不是疯了?"

朝井似乎没有注意到大家的反应,他继续说:

"接下来,我们要开始推进向海外拓展业务的准备工作,其中一个工作就是组织改革。我们要成立一个专门负责海外发展的部门,在公司启动这个 project(项目)。"

什么"project(项目)"啦,"working group(工作组)"啦,"compliance(服从)"啦,总之,只要总经理一说起这些英语词汇,大家就要小心了!

老板要做一些员工可能有抵触情绪的事情时,往往会使用一些英语词汇,因为员工即使听不太懂,也不好去问那是什么意思,便只能装作听懂了的样子。

中年以上的老员工尤其了解老板的花招儿。

"project leader(项目负责人)当然是我。"朝井说道,"而实际负责这个 project(项目)的人已经确定了,实际的 leader(负责人)是泷田!"

"啊? 泷田?"奈奈子心想,"那个人和我同姓呢! 公司里还有另一个同事也姓泷田吗?"

"泷田!"

朝井又叫了一声,奈奈子才反应过来,他叫的"泷田"正是自己!

"他叫的竟然是我!"奈奈子吃了一惊。

"啊……"

"辛苦你了! 好好干吧!"

"啊……总经理……"奈奈子慌张地说道,"今天是我当科长的第二天,现在我还不能担此重任……"

"不是让你马上就去做！在做科长工作的间隙,你可以考虑一下方案,调研一下,半年后拿出这个 project（项目）的方案就可以。"

"可是……"

"这是公司的命令！你跟 P 商社之间关系不一般,这个工作非你不可！"

"啊……"

"具体事宜以后再说！"朝井环视了一下全场,"散会！"

朝井说完,便走出了会议室。

过了一会儿,大家陆续站起来。

有人过来对奈奈子说：

"加油啊！"

也有人发出令人不快的笑声,边走边说：

"关系不一般？是什么关系啊？"

奈奈子真想回敬他几句。

等奈奈子回过神儿来,会议室里只剩她一个人了。

"这都是什么事儿啊！真是的！"她发了一句莫名其妙的牢骚。

这时,门突然开了。

"奈奈子姐……"

岩本真由走了进来。

"啊……怎么啦？"

"没事，我看只有你没回来，有点儿担心你！"

"啊，对不起！我太震惊了，都站不起来了！"

"发生什么事了吗？"

奈奈子让真由坐在自己旁边，跟她说了刚才的事。

"奈奈子姐，你要去国外工作了吗？"

"这怎么可能？肯定是他！肯定是汤川在搞鬼！"

这虽然是奈奈子盛怒之下的论断，但想必也八九不离十！

"而且，接下来是一年里最忙的时候！"奈奈子怒气冲天，"汤川那个家伙，我真想揍他一顿！"

她挥起拳头。

"奈奈子姐……"

"没事，我已经冷静多了！"奈奈子叹了口气，"只有你最可靠！"

"要是有我能帮上忙的地方，你尽管跟我说！"真由握住了奈奈子的手，"答应我，你一定要冷静，千万别冲动啊！"

"我刚才看起来很不冷静吗？"奈奈子不安地问道。

当天中午，奈奈子一个人吃了午餐，真由因为工作上的事外出了。

早上会议的事情在午休之前就传遍了全公司。

"听说，泷田的英语很不错呢！"

各种意想不到的传言立刻传进奈奈子的耳朵里。

"这样下去，事情到底会变成什么样子呢？"奈奈子一边小声嘟哝，一边吃着意大利面。

一个女孩儿在奈奈子的对面坐下来：

"我要和她一样的套餐！"

点完餐，女孩儿对奈奈子说：

"当了科长之后，连汉堡都不吃了呢！"

这个打扮花哨的女孩儿是……奈奈子心里纳闷儿，仔细辨认眼前的女孩儿。

"啊，我想起来了！是你！"

"我的变化很大吗？"

这个看起来心情不错的女孩儿，正是那次和汤川一起吃饭的保本妙，就是她"作证"说，是奈奈子把古田给踢下来，自己当上科长的！

"我会支付我自己的午餐费用哦！"保本妙说着，开始吃服务员刚端来的意大利面。

"你是汤川派来的？"奈奈子问道。

"不是，我想跟你道歉！"

"为什么？"

"我当时觉得好玩儿，就照汤川说的做了……对不起啊！"她表情严肃起来，"我没想到汤川是那种人！"

奈奈子虽然不知道发生了什么，但把这种女孩儿惹毛了可是很吓人的,她们会不惜代价报复的!

有一定年纪和阅历的人,一眼就能看出最好不要得罪汤川,而保本妙则不会这么想。

"怎么了?"奈奈子问道。

"反正我很生气!"

奈奈子问了也是白问。

"哎,保本小姐……"

"叫我小妙就行,我就叫你奈奈子吧!"

被一个十几岁的孩子直呼名字,奈奈子心里有些抗拒,不过,这种小事就先忍着吧!

"小妙,关于汤川的事你知道什么,告诉我吧!"奈奈子说道,"不知为什么,我觉得自己被卷进了什么重大事件里!"

"你的直觉很准,一定是这样!"

"那……"

奈奈子现在就想听保本妙往下说,可是,午休时间结束了。

"今天下班后,咱们可以见一面吗?"

"嗯,可以!"

奈奈子只能先跟她约好,然后记下了她的手机号码。

"我得回公司了!"奈奈子喝了一口水,"午餐的费用我来支付吧!"

她拿起了保本妙放在桌上的小票。

"啊,真的吗? 不好意思啊!"

"没事儿。"奈奈子说完,站了起来。

"奈奈子姐!"

"啊?"

"你这个人心地真好!"

保本妙在奈奈子的名字后面加上了"姐"字。

"我就是个普通人啊!"奈奈子说道,"不过,你要小心啊! 不知道是怎么回事,我差点儿就被人给杀害了。去年,我的一个同事也被杀害了。我不知道这些事情之间有什么联系,你一定要小心啊!"

"谢谢! 哎,等一下!"

保本妙往餐后的咖啡里加了很多牛奶,然后一饮而尽:

"我和你一起出去!"

"啊?"

"我不想自己待在这里!"

奈奈子没办法,她把两个人的餐费支付完之后,和保本妙一起走了出去。

现在,人行横道处是红灯,她们停下脚步,保本妙挽起奈奈子的胳膊,紧紧靠在奈奈子的身边。

"怎么了?"

"我要和奈奈子姐一起走!"

"可是,我要回公司啊!"

"我去做兼职! 你们雇用我吧!"

"怎么突然……"

奈奈子不知怎么办才好。

她们在等信号灯的时候,奈奈子手里的钱包突然破了。

"啊?"

奈奈子低头一看,钱包破了一个洞。

"怎么突然破了?"

这时,不远处响起玻璃破碎的声音。奈奈子回头看去,斜后方的橱窗玻璃碎了一个洞!

他们被人持枪袭击了!

"小妙,快蹲下!"

奈奈子赶紧拉着保本妙的胳膊,蜷曲身体。

摩托车的声音响起,一个戴黑色头盔的男人骑着摩托车走远了。

"你没事吧?"奈奈子问道。

"嗯……刚才是……"

"我们差点儿被枪击中了!"

保本妙看了一眼橱窗,睁圆了双眼问:

"有人拿枪瞄准了咱们吗?"

"应该是!"

幸好其他行人也没有受伤!

不过,后边的那家商店的玻璃破碎后,店里乱成了一片。

"那个人的枪法好像很差啊!"奈奈子说道。

人行横道处的信号灯变绿了,其他几个等待过马路的人过了马路。

那个人竟然在有这么多行人的地方开枪!子弹不仅会击中奈奈子和保本妙,还可能伤及其他人!

"小妙,咱们报警吧!你回刚才那家餐厅等着!"

奈奈子怒火中烧。

"不能再让他们为所欲为了!而且,我的钱包还被他打了个洞!"

奈奈子取出手机,幸好手机没事!她给刑警武川打了电话。

"泷田小姐,你到底是干什么的啊?"

听武川这么说,奈奈子不禁心头火起。

"武川警官,您这是什么意思?"奈奈子反问道。

武川和另外两个人来到了这家店里。奈奈子和保本妙在等信号灯时,瞄准她们的子弹打碎了这家店的橱窗。

奈奈子的钱包被子弹打了个洞,而这家店恰巧是一家卖箱包的店。

"真是不得了啊!"

一个秃头男人抱怨着,看起来,他应该是这家店的店主。

"要修好那一片碎掉的玻璃要花不少钱呢!"

"总之,你被狙击了!而且,根据情况来看,犯人应该是在枪上装了消声器!"武川说道。

"嗯,我没听到枪声!"奈奈子说道。

"我说，你到底是干什么的呀？用带消声器的手枪袭击你，那个人的手法很专业啊！你被这样的人瞄准了，说明你也不简单啊！"

"喂！我也不想被别人瞄准啊！"奈奈子回敬道。

"我说……我的店没法儿开门营业了……"店主插嘴道，"你们能快点儿处理吗？"

枪弹有两发。一发击中奈奈子的钱包后改变了方向，已不知去向。另一发把橱窗打出了一个洞，飞进店里，击中了玻璃柜台上的座钟。

现在，负责鉴定的工作人员刚从座钟里取出子弹。

"被打碎的玻璃和座钟由谁来赔偿啊？"店主看着奈奈子问道。

"我刚才差点儿被人杀了！"奈奈子气不打一处来，"你让我赔钱，这也太奇怪了吧！"

"话虽这么说……可是，你要是中弹了，我的店不就没事了吗？"

奈奈子越听越生气，她真想把橱窗砸个粉碎！

"和你一起的那个女孩儿呢？"武川问道。

对，袭击的目标也可能是保本妙！

"她在我所在的公司里。我让她回那家餐厅等着，她说很害怕，就去了公司。"

"我待会儿也去问问她吧！"武川说道。

"我可以先回公司吗？我还有很多工作要做……"

"好的，等这边的事结束了，我就过去！"

"拜托了！"

店主还在不依不饶地问警察：

"抓到犯人后，会给我赔偿吧？"

奈奈子没理他，出了那家店，匆匆赶往公司。

虽说奈奈子从很早之前就熟练地做着科长的工作，但在她真正当上科长之后才知道，除了那些工作，还有很多其他的工作要做。

即便她现在厄运缠身，但工作还是毫不客气地找上门来。

"科长，请盖章！"

"这笔款怎么支付？"

"对方说他们不知道这件事！"

需要科长决定的事接二连三地找到奈奈子。

对有些事情，奈奈子很想大声说：

"这点儿小事，你自己决定吧！"

可是，如果她真的这样说了，他们会说新任科长业务还不熟练。但是，如果她帮他们把问题一个个解决掉，她自己的工作就没法儿做了。

奈奈子离开一会儿之后，回来发现桌子上有张便笺。

"海外项目讨论会。今天二十一点开始。总经理室。"

二十一点……晚上九点？

"开什么玩笑！"奈奈子不禁嘟哝道。

此时，她想起了保本妙。

"咦？我带来的那个女孩儿呢？"奈奈子问前台的女同事。

"啊，她在那个小接待室里。"

"谢谢！"

其实公司并没有"大接待室"，公司的两个接待室都很小，只是其中的一个更小。

奈奈子敲了敲那间大一点儿的接待室的门。

"小妙！"

她叫了一声后走进房间。保本妙坐在沙发上，好像睡着了。

"醒醒，警察要来……"

奈奈子往里走的时候，踩到了什么东西。

"啊？"

她看了一眼脚下，随即惊讶地瞪大了眼睛。

地上的那个东西，是一把闪着寒光的黑色手枪！奈奈子不由自主地把它捡了起来。

"公司里怎么会有这种东西？"

"不会吧！"

奈奈子摇了摇保本妙的肩膀。

保本妙的身体慢慢倒下。

"啊！天哪！"

保本妙的后背鲜血直流，正中间有一个弹孔！

"不好啦！怎么办？"

被眼前的景象吓呆的奈奈子，呆呆地立在原地。

这时，接待室的门开了。

"我来倒点儿茶吧？"前台的女同事走了进来，"啊……"

她的视线不是落在倒下的保本妙身上，而是看向奈奈子的手。奈奈子这才注意到，自己的手里还握着那把手枪。

"你……你把她打死了？"前台的女同事花容失色。

"不是！这怎么可能？这把枪是我刚才从地上捡起来的！"

奈奈子赶紧将手枪扔在地上。

手枪落地的瞬间，女同事突然爆发了，她跳了起来。

"来人啊！"她边跑边喊，"泷田用手枪杀人啦！"

"喂！你说什么？"

奈奈子慌慌张张地从接待室跑了出来。

十八、藏身之所

"啊……真受不了！"

奈奈子一回到公寓,便瘫在沙发上,久久不能动弹。

"这到底是怎么了？"

奈奈子的身边没有人,她是在面向天花板,跟老天爷发牢骚呢!

到底是谁干的？那个凶手为什么要杀死保本妙？

她肯定是知道了什么!可是,凶手为什么要在公司接待室里杀害她呢？

前台的女同事说她没有听到枪声。

保本妙一个人在那里。

凶手是怎么进入接待室的呢？

凶手要进入接待室,肯定是要经过前台的,当然,前台也不是一直都有人在值班。

奈奈子跟武川警官说了很多次当时的情况,武川似乎也觉得,如果奈奈子是凶手,那么她在那种地方杀害保本妙就太不符合常理了。

还好奈奈子没有被逮捕,但武川告诉她,她不能随便出远门。

什么叫"不能随便出远门"?这句话真让人生气!

此时的奈奈子一肚子气,但她现在能回家,就应该感到很满足了。

"就像藤本弥生说的,我应该是被卷入了某个重大犯罪活动里。活生生的人被手枪打死,这太让人震惊了!"

"可是,遇到这种事的人为什么是我?被卷入这种事的公司为什么是 AB Culture?"

奈奈子觉得心里很乱,泪水不由自主地流下来。

"哎呀,先不想这些了!吃点儿东西吧!"

她打开冰箱找吃的,这时,手机响了。

电话是林哥打来的,奈奈子急忙接起电话。

"啊,你没事吧?"林克彦关切地问道,"我今天去公司写字楼附近,看到有警车停在那里,现场很混乱,出事了吗?"

"岂止是出事了……"

奈奈子把大致情况跟林克彦说了一遍。

"她……不过,你当时也很危险啊!"

"是啊!"

带消声器的手枪……可能是那个骑摩托车的男人杀了保本妙,看子弹就知道了!

"你一定要小心啊!"林克彦叹气道。

奈奈子听到林克彦的声音,突然有一种揪心的感觉。

"我现在不想一个人待着。"她情不自禁地说道,"林哥,咱们现在可以见面吗?"

"当然可以啊! 咱们去哪里呢?"

"我就是想看到你的脸。我的公寓这里不方便,我妹妹也住在这里。咱们先见面再说吧!"

"那我先去你的公寓附近,好吗?"

"公寓附近的车站前面,有一个很大的广场。那里有很多商店,也有酒店。你能去那里吗?"

"当然可以!"林克彦用十分肯定的语气回答。

奈奈子的心中十分欢喜。

"林哥!"

奈奈子从椅子上站起来,向来到广场的林克彦招手。

林克彦小跑着来到她的身边。

"太不容易了啊! 不过……"

话还没说完,奈奈子就紧紧抱住林克彦,忘情地亲吻着他。

"对不起!"奈奈子终于停止亲吻他,"我已经控制不住自己了,再这样下去,我就要疯了!"

"一直在这里也不行,咱们找家酒店吧!"

"嗯!"

奈奈子点点头,紧紧地挽住了林克彦的胳膊。

"现在什么都不用说,我只要你紧紧地抱着我!"

他们从人来人往的广场向车站的方向走去,可是,奈奈子突然停住了脚步。

几个男人正站在他们的前方。

"武川警官……"奈奈子喃喃地说道。

警察武川站在最中间。

"泷田小姐,"武川说道,"这个男人就是林克彦吧!"

"不会吧……他怎么在这里?"

林克彦赶紧甩开奈奈子的胳膊说:

"放开我!"

听到林克彦这么说,奈奈子大惊失色。

"不是的!林哥,不是我说的!"

林哥肯定以为是奈奈子把他"卖给"警察的!这让她怎么能受得了!

"没关系,"林克彦淡淡地说道,"反正早就应该这样了。"

武川走了过来。

这时,奈奈子突然跑起来,朝武川撞了过去。

武川没有防备,仰面倒在地上。

奈奈子抓住林克彦的手说:

"快跑!"

她用力拉着林克彦跑了出去。

林克彦险些跌倒,他被奈奈子拉着,在人群中狂奔。

"别跑! 站住!"

警察们在后面喊着。

有那么一瞬间,奈奈子好像听到了警察从后面追来的脚步声,但过了一会儿,便什么也听不到了。

奈奈子拉着林克彦穿过商业街,跑到了一条昏暗的小路上。

"泷田……"

"继续跑!"

奈奈子还是没有放慢脚步。

远一点儿,再远一点儿……

奈奈子想都没有想,现在连她自己也变成了逃亡者!

不管怎样都要跑下去……他们跑了多远了?

奈奈子喘不过气来,心脏像快要爆炸了一般。她终于停下了脚步。

"林哥……你没事吧?"奈奈子问道,而她自己马上就要倒下了。

"啊……还行……"林克彦上气不接下气地回答。

这里是一个小公园,两个人坐在长椅上休息。

许久,他们只能听见彼此剧烈的喘息声……

奈奈子又吻了林克彦。

"泷田……"

"叫我奈奈子!"

"好……你刚才为什么要跑呢?"

"因为我不想让你以为是我告诉警察的,那样我会受不了的!"

"我没那么想啊!"

"可是,刚才看到警察的时候,你突然对我很冷淡。"

"那是因为我想在警察面前装作是我强迫你来的。"

"原来是这样啊! 我还以为……"奈奈子说到一半就笑了,"我可不想被你怀疑!"

"因为这件事,你现在成了从警察面前逃走的人了啊!"

"没关系,我早就想试一次了,做个'逃亡者'!"

"你的心可真大啊!"林克彦感叹道,"接下来怎么办呢?"

"我什么都没想! 准确地说,我当时什么都没想就跑了出去!"

"可是,你在警察面前和逃犯一起逃走了啊! 而且,你还撞倒了警察!"

"啊,我都忘了! 我把武川警官给撞倒了啊!"

奈奈子说完,不知为什么,觉得这件事很好笑,便笑了起来。

林克彦也跟她一起笑了。

"哎呀,我的演艺生涯也到此结束啦! 这真是我的一段宝贵经历呢! 可是,我还有一部戏没拍完,给导演他们添麻烦了呀!"

这两个人的心都挺大的。

"可是,你又不是凶手!"

"那倒是……不过……"

"既然这样……咱们一起把真正的凶手找出来吧!找到了凶手,你就不会被逮捕了!"

"道理是这个道理,可是,找出真凶有那么简单吗?"

"哎呀,好累啊!林哥,咱们先找个地方住下,再好好商量一下吧!"

"住下……"

"酒店的话……太危险了,那里可能会有通缉令!"奈奈子想了一下说道,"哎,去那里怎么样?"

电视台这个地方就是这样,虽说进出管理很严,但"刷脸"非常方便。

"啊,你好!"

林克彦挥手让保安认出了自己。

"啊,辛苦了!"

保安跟他打了个招呼。

在这里,半夜进出很正常。

"饿了吗?"林克彦说道,"现在这里只有咖喱饭和拉面!"

这里有自动售货机!奈奈子很感动,现在还能吃到从自动售货机里买到的热乎乎的咖喱饭!

不一会儿，她就把咖喱饭吃得一点儿也不剩了。

"我还想吃拉面！"

现在的奈奈子简直就像个高中生！

终于填饱肚子了，两个人穿过安静的走廊，来到之前奈奈子睡过觉的"休息室"。

"这里没人！"林克彦看了一下里面说道，"关上灯就可以了。我们只住一个晚上的话，估计警察找不到这里来！"

现在，两个人都横下一条心了！

说不定会突然有电视台的员工进来，所以，两个人没法儿在这个房间里"互相确认心意"，但他们还是紧紧地抱在了一起，疯狂地热吻着。

"咖喱味的吻！"林克彦说道。

他们坐在并排摆放的床上。

"一定要找出凶手！"奈奈子说道。

"你有什么线索吗？"

"凶手可能跟 AB Culture 有某种关系！"

"凶手和一个卖文具的公司有关？为什么？"

"汤川突然出现，AB Culture 成了 P 商社这种大型商社的子公司，这很不正常吧？"

"可是……"

"恰巧那时候中尾琉璃被人杀了。我被提拔成科长，古田科长又自杀了……"

"这些事之间有什么关系吗？"

"汤川可能觉得，如果我当科长的话，他就可以为所欲为了。不过，这是不可能的！"

"他完全不了解你啊！"

"还有，年后刚上班，总经理就宣布了一个离谱儿的决定。"

奈奈子把 AB Culture 要拓展海外业务的事告诉了林克彦。

"本来今晚有个会，要讨论这件事，但保本妙被杀了，公司也顾不上开会了。"

"拓展海外业务啊……"

"很可笑吧？公司国内的业务都不行，说不定哪天就倒闭了，还谈拓展海外业务呢！"

"公司现在的经营状况这么差吗？"

"很差！说它马上就要倒闭是有点儿夸张了，但日后的某一天忽然裁员却很正常。当科长之后，我对这些事了解得很清楚！"

"可是，拓展海外业务和之前那些事有什么联系呢？"

"咱们就是要调查清楚这一点！"奈奈子强调了一下。

吃了咖喱饭和拉面后，奈奈子又精神百倍了。

"咱们直接问汤川的话，他肯定什么也不会说的！"奈奈子稍微思考了一下，"对了！咱们身边还有一个绝佳的证人啊！"

"谁啊？"

"总经理！"

"朝井？"

"嗯,他是 AB Culture 的总经理,虽然老是爱摆架子,但是其实胆子很小!"

"啊,确实是这样!"林克彦点头道,"连我都看透他了,他这个总经理当得真是够可怜的!"

"咱们只要吓唬他一下,他就会把自己知道的事全都说出来了!"

"就算咱们逼他说出真相,这也不能作为证据啊!"

"没关系,反正咱们就是要知道真相!"奈奈子自己都觉得这有点儿强词夺理,"我去一下洗手间。"

奈奈子走出休息室,急忙去了走廊尽头的洗手间。

"吃饱了容易犯困啊……"

虽然奈奈子为了找出凶手绞尽脑汁,但即便是这样,此刻的她也昏昏欲睡了。

然而,当她从洗手间出来的时候,却被眼前的一幕搅得睡意全无。

有两个人站在走廊里,而其中一个人正是她的妹妹久美。

而且,她正和制作人砂川紧紧地拥抱在一起,忘情地亲吻!

"天哪,我竟然在这里遇见他们! 这不是幻觉吧?"

奈奈子简直不敢相信自己的眼睛! 她呆立在原地。这时,久美也发现了奈奈子。

"啊!"她大叫了一声,推开砂川。

久美睁大眼睛看着奈奈子:

"姐,你在这里干什么?"

奈奈子心想:我还想问你呢! 不过,现在这种情况不问也知道!

"嗯,我想在休息室里借住一晚。"

"在休息室? 你为什么不回公寓啊?"

"因为……要是回去的话,我可能会被警察抓走!"

奈奈子现在只能实话实说了。

十九、一致合作

"啊……"

久美也只能做出如此反应。

在休息室里,奈奈子和林克彦对久美和砂川说出了事情的经过。

"哎呀,真是没想到啊!"砂川说道,"泷田克夫竟然是被通缉的逃犯?"

"不是他干的!相信我!"

"我当然知道!"看到奈奈子如此气势汹汹,砂川慌忙说道,"可是他总在电视上出现,警察竟然没发现他!"

"而且,他还是我姐的男朋友……干得漂亮啊!"

"你还好意思说别人!"奈奈子皱起眉头。

"啊,要是我姐被抓起来了,我也不能再上节目了!"久美吓得脸色发青,"咱们一起找出凶手吧!"

不管是出于什么动机，久美总算决定帮助奈奈子了。

"而且，你从一开始就和这些事有关系呢！当时，你是最早一批发现中尾琉璃被杀的人啊！"

"啊，是啊！那件事还没解决吗？"

"你不是在电视台工作吗？连这个都不知道？"

"因为……电视台只关心将来的事，过去的事很快就忘了！"

"那可不行啊！还有，你和这位制作人的事不是也没解决吗？"

"这么说来，确实是这样……"

砂川有些难为情。

奈奈子心想：你老婆已经什么都知道了，你就等着哭吧！

"可是，那个叫朝井的总经理，你们打算怎么问他啊？"

"把他抓起来，一根一根地拔他的头发！"

"好吓人啊！"

"不让他疼一点儿，他不会老老实实交代的！只要能让他说实话，我什么都干得出来！"

奈奈子像一个冷酷的女杀手。

"等一下！"砂川说道，"刚才你们说他姓朝井？"

"嗯。"

"他是 AB 什么公司的总经理吗？"

"AB Culture，他是这个公司的总经理，怎么了？"

"他是叫朝井康治吧？"

"是啊！你认识他吗？"

"我不认识，不过，我知道他和一个女演员关系密切。"

听到这话，奈奈子和林克彦惊讶得面面相觑。

"不会吧……总经理和女演员？"

"那个女演员是谁啊？"久美问道。

"嗯……电视圈的人基本上都知道她——加纳邦子！"

"啊？加纳小姐上周还在节目里做嘉宾呢！"

"嗯，很巧啊！"砂川说道。

"不！"奈奈子马上说道，"这不是巧合，这是注定！"

"姐……"

"那个加纳是什么人啊？"

"她原来是我们台里的女主播。"砂川说道，"她很漂亮，很多人喜欢她。不过，他们是怎么认识的我就不清楚了。"

"朝井有老婆！嗯，我们可以利用这一点！"奈奈子补充道。

她的睡意已经不知道飞到哪儿去了。

一般来说，如果一个三十五六岁的女人在半夜两三点被电话吵醒，她肯定会火冒三丈，而加纳邦子却是个例外。

"我有事，想找你私下谈谈！"

如果电视台的制作人对自己这么说，即便奈奈子是在熟睡时被吵醒，也会觉得很激动。

加纳邦子以前是人气女主播，现在是知名女演员，她今年春天将参演一部电影。她以前做女主播的时候，每次半夜被电话吵醒，只要制作人跟她说"快点儿来，有突发新闻"，她就会感到莫名兴奋。

现在虽然不用再播报突发新闻了，但老东家电视台的制作人突然叫她过去，她还是满怀期待地迅速穿戴好，内心兴奋不已。

她叫了辆出租车，匆匆赶往电视台。

这是她在女主播时代练就的速度。

"啊，你来啦！"

夜里值班的保安也是她的老熟人。

"你最近挺好的吧？"

"嗯，挺好。你是来工作的吗？"

"嗯，突然有件事要谈！"

"辛苦啦！"

保安还给她敬了个礼，这完全是贵宾的待遇！

加纳邦子向曾经工作过的办公室走去。

她敲了敲门，还没等里边应答就推门而入。

"啊，抱歉啊！"

砂川和邦子同年入职，砂川现在是台里的制作人，他们是很好的朋友。

"找我私下谈什么事啊？"邦子拉了把椅子坐下来，"难道是我的绯闻被曝光了？"

她当然是在开玩笑。虽然她很有人气，但并不是那种一有绯闻就引起轰动的大人物。

"你说对了！"砂川说道。

邦子看到砂川表情严肃，不禁紧张起来。不过，她马上又说：

"你别吓唬我了！"她笑了起来，"我又没杀人，这点儿小事是上不了新闻的！"

"可能已经杀人了！"突然传来一个女人的声音。

邦子惊讶地回头看去，只见屏风后面走出一个她不认识的女人。

"你是谁？"邦子皱着眉说道，"你不要乱说话！"

"抱歉，还没自我介绍。我是 AB Culture 的职员，我叫泷田奈奈子。"

听到 AB Culture 这个公司名，邦子调整了一下坐姿。

"那你……已经知道 AB Culture 的朝井总经理和我的事了吧……"

"你和总经理关系很密切吧？"奈奈子问道。

"那又怎么样？我和朝井都是成年人了。我知道他有老婆，我们只是'以成年人的方式交往'，这又怎么了？"邦子气势汹汹地说道，"你刚才说'可能已经杀人了'，是什么意思？"

"是的。"

"你胡说什么啊？我可没做过犯法的事！朝井也……"

"我知道你很爱朝井，"奈奈子说道，"我也很爱 AB Culture，所以，看到公司被卷进重大违法事件里，我很心痛！"

"重大违法事件？"

"朝井总经理、P商社的汤川董事，还有中尾琉璃！"

奈奈子只罗列了三个人的名字。

只是听到了三个名字，邦子却好像想起了什么，表情有些僵硬。

"汤川我知道……但我跟他并不熟！"

邦子突然生气了，这表明她和汤川肯定有瓜葛！

"当然是这样！"奈奈子面无表情地点了一下头，"不过，朝井总经理相信吗？他应该已经隐约感觉到了。证据就是，最近朝井总经理都不怎么联系你了吧？"

邦子的表情好像在说"没有吧"，她的视线游移不定，看来是被胡乱猜测的奈奈子给说中了。

"汤川是有名的花花公子。"奈奈子继续说道，"不过，他首先是这件事的幕后黑手，朝井总经理听命于汤川，是他的忠实喽啰。你明白了吗？你正处在汤川和朝井总经理两个人之间！"

"所以呢？你到底想说什么呀？"

邦子明显有些胆怯了。

"中尾琉璃被杀了，保本妙也被杀了。对汤川来说，女人只不过是用完就扔的棋子！"

"我……我和汤川只是玩玩而已……"

"就算你是这么想的，可是，朝井总经理是怎么想的呢？自己喜欢的女人被汤川夺走了，而他是一个很任性的人！ AB

Culture虽然不是大企业,但他作为总经理,比普通人更要面子。他的情人被汤川夺走了,他的愤怒,汤川已经察觉到了!"

"可是……"

"汤川对你还是那么好,对吧？不,他对你比以前还要好,是不是还答应你'什么都会给你买'？"

邦子脸色发青,看来一切都被奈奈子说中了!

"汤川为什么对你更好了？考虑到'工作'的原因,他不能跟朝井撕破脸去抢夺你。要是跟朝井闹掰了,他的计划可能就泡汤了。那样的话,他不仅会损失很多钱,而且警方也可能会乘机介入,揭发他的罪行。大家觉得P商社很可疑,所以他想利用AB Culture来展开行动,但因为你一个人,可能会让他所有计划都破产!"

奈奈子滔滔不绝地编下去。

"为了避免这种情况出现,他只有除掉麻烦的源头了!您知道这'麻烦的源头'是什么吗？"

"是……"

"对,就是你!"

"可是……"

"你只是想和那两个男人玩玩,可是,却成了汤川计划的绊脚石,其结果就是……"

"结果就是……"

"你会被杀掉!"

"不会吧！"

邦子目瞪口呆。

"当然，汤川是不会自己动手的，他会找职业杀手来解决这件事的。那个杀死保本妙的人……"

"我不知道那些事……不知道！我什么也不知道！"

邦子叫了起来。

"杀手是不会管你说什么的，而且，你在和汤川或者朝井同床共枕的时候，多少会听到一点儿消息吧？比如他们和同伙之间的电话、留言、字条什么的。你肯定听到过或看到过这些东西吧？就这一点，他们就有足够的理由杀你灭口了！"

"我不知道！我什么也没看见，什么也没听见！"

"加纳小姐，你能保命的办法只有一个，就是把你知道的所有事情都告诉警察，这样警察就会保护你！"

听到"警察"两个字，邦子吓得屏住呼吸。

"我不去！不可能！我去找警察的话，这就真成了丑闻了！那样的话，我就没法儿在演艺圈混下去了！"

"请您好好考虑一下！事业和性命，哪个更重要？"

"这也太夸张了！说什么要把我杀掉……"邦子转头看向砂川，向他求助，"砂川，你说点儿什么呀！咱们不是朋友吗？"

"唉，我也帮不了你啊……"砂川含糊地说道。

这时，办公室的电话响了。

砂川去接听电话。

"嗯,在这里呢……什么? 他说了找她有什么事吗?"

砂川看向邦子。

邦子本来想跟砂川说什么,被奈奈子拦住了。

"知道了。可是,感觉有些不对劲儿啊……"砂川说道。

"砰!"电话里发出一声巨响。

砂川睁大了眼睛:

"喂? 喂?"

砂川放下电话。

"电话挂断了! 刚才的声音是……"

"是枪声吧?"

"好像是……保安说,一个可疑的男人问他加纳在哪里!"

"那……"

"他回答说可能在办公室,然后,那个男人也没问办公室在哪里就进来了!"

"这是怎么回事?"邦子问道。

"是不是来杀你的?"奈奈子推测道,"有枪声,而且保安后来没说话……有这种可能!"

"不要啊!"邦子慌忙站了起来,"你们快帮帮我啊! 你刚才不是说了我在办公室里吗?"

"冷静点儿! 办公室有很多,他不知道你在这里!"砂川安慰道。

"可是,如果进来的男人听到保安打电话,又回去开枪的话,他就知道电话打到哪里了！"奈奈子说道，"砂川先生，你带加纳小姐出去吧！他要是往这边来的话，咱们就没有时间了！"

"是啊！快走吧！"

"去哪里？"

"先打个车离开这座大楼吧！"奈奈子催促道，"要是被杀手盯上了，他可能会一直追着不放的。你家在哪里，他肯定也知道了！"

"那你说我该怎么办呢？"

邦子已经非常恐慌了。

"去找警察！寻求警方的保护，这是最好的办法！"

"这……"

"总之，先离开这里吧！"砂川说道。

"对，我也走！"奈奈子说道，"我去对面那个化妆室里躲着，观察一下情况！你们先去打车吧！"

"好，走吧！"

邦子被砂川拉着胳膊，惊慌失措地走出办公室。

奈奈子长舒了一口气。

这时，她的手机响了。

"喂，林哥？效果比想象的还要好！辛苦啦！啊？"

"不是……"林克彦严肃地说道，"出大事了！"

"怎么了？刚才的枪声不是你制造出来的吗？"

给砂川打电话的不是保安，是林克彦。那枪声是他用道具手枪制造出来的。砂川是在久美的劝说下才肯帮忙的。

然而……

"我制造出的枪声比我想象中大很多,我怕保安听到后不知道是怎么回事,就来他这里看了一下……"

"然后呢?"

"他死了……"

"你说什么?"

"保安被枪打死了!一枪打在心脏上!"

"不会吧……可是枪声呢?"

奈奈子想起,上次瞄准自己的枪是加了消声器的。

这也就是说,杀手真的来了!

"天哪!"

奈奈子慌忙从办公室里出来,看向电梯的方向。电梯在走廊拐角,从奈奈子所在的位置看不到电梯,但她听到"叮"的一声,奈奈子知道,电梯停在这一层。

奈奈子急忙跑进了化妆室。

"林哥,听我说!"她关上门,压低声音说道,"我刚才编的那些话可能都是真的!你快给武川警官打电话!让他赶紧来这里!"

"好!你没事吧?"

"我躲起来了,你不要给我的手机打电话啊!"

"知道了!"

奈奈子躲在化妆室的暗处。

可是，电梯那里一点儿脚步声都没有。

"难道……"

如果杀手真的来了，那他应该是听到了林哥制造出的枪声，他会怎么想呢？

虽然他不知道发生了什么，但一般来说，听到枪声后，他应该会想赶紧逃走吧！所以……

"不好！"

杀手可能是往地下的出租车站点去了！

奈奈子赶紧从化妆室出来，向电梯跑去。

四部电梯里边，有一部电梯正在下降，电梯的液晶屏上有显示。

"电梯在往地下走！"

杀手真的要去出租车站点吗？

奈奈子按了电梯按钮。可是，现在是深夜，大部分电梯处于省电模式，只有一部电梯还在运行。

"真是的！"

她不能等下去了！奈奈子向亮着"紧急出口"指示灯的门跑去，她打算从楼梯下去。

"还是从楼梯跑下去更快！"

奈奈子飞速跑下楼梯，中间她摔倒了两次，但她已顾不上疼痛。

如果加纳邦子和砂川真的被枪击了……

不会吧……

当时那些话是她胡编乱造出来吓唬邦子的,没想到,全都被她说中了!

虽然她不是故意的,但要是她的胡言乱语害死了人,那她绝对接受不了!

"到地下停车场了!"

出租车站点在停车场的一角。电视台深夜也有人打车,所以现在应该还有出租车在等候乘客。

奈奈子打开门,向停车场跑去。

二十、穷途末路

停车场寂静无声。

奈奈子停下脚步,环视周围。她以为听不到别的声音是因为自己的喘息声太大,但其实并不是这样。

这里平时也这么安静吗?

奈奈子感到意外也是正常的。自从妹妹久美来电视台工作,她也来过这里很多次,所以她知道,在这个地下停车场里,深夜也可以打车。

但她很少这么晚来这里,现在她才知道,在这个时间,这里基本没有人了。

可是,砂川和加纳邦子应该是来这里了啊!还有那个杀死保安的人!

在哪里?他们在哪里呢?

偌大的停车场显得空荡荡的,只有几辆车停在那里。有些停车场的灯还亮着,不过可能因为是深夜,有一半左右的灯都熄灭了,车辆之间的空隙、柱子后面的空间,都黑乎乎的,看不清楚。

"怎么办?"

奈奈子的身上出了汗,也许是因为她刚从楼梯跑下来,才出了这么多汗,也许是因为奈奈子一想到装了消声器的枪口也许正在暗处瞄准自己,便冒出了冷汗。

停车场是转一圈又回到原处的设计。

没办法,奈奈子不知道此时是否有枪口正在暗处对着自己,她只能在这里转一圈看一看了。

奈奈子尽可能地降低自己的脚步声。此时,除了她自己的脚步声,她还能听到微弱的"呜呜"声,那好像是空调外机发出的声音。

奈奈子打算躲到车辆的后面去,她轻轻地向那些车辆走去。

那些车辆之间的空隙很黑,她躲在那里应该不会被发现。

奈奈子一步步地走着,她的心脏"怦怦"直跳,连太阳穴都在跟着跳动!

要躲到哪里去呢?她默默地想。

就在这时,从一辆面包车后面跑出一个人,那不是别人,正是加纳邦子!

"救我!"她一看到奈奈子便轻声叫道,"在那里……"

突然,只听得一声枪响,邦子"啊"的一声倒在混凝土地面上。

"加纳小姐!"

奈奈子想跑过去,但那样做她自己可能也会被枪击,于是,她躲在车后面,没有出来。

邦子按着自己的侧腹呻吟着:

"救我……"

她向奈奈子伸出手。

就在这时,她听到有人在叫她。

"姐!"

奈奈子不禁倒吸一口气。

"久美? 你在哪里?"

"求你了,不要出来!"久美在面包车后面喊道。

"他中枪了!"

久美口中的"他",应该指的是砂川吧!

杀手在这里追杀砂川和加纳邦子,而久美因为担心砂川也来到了这里。

"久美,你没事吧?"奈奈子喊道。

"要想救你妹妹,就按我说的做!"一个男人的声音突然响起。

"姐,求你别出来!"

"好! 你想让我做什么?"

"你报警了吗?"

林克彦应该已经联系了武川警官。

"警察很快就到了!"奈奈子说道,"你是逃不掉的!"

"我会逃走的!要是逃不掉,我就把你妹妹和他的情人都杀了!"

"不要!"奈奈子大声叫道,"你想让我做什么?"

"你把警察引到另一个方向去,我开这辆车出去,别让他们抓到我!"

"可是……"

"姐,你让警察往西出口走!那边是反方向,看不到这边!"

奈奈子有些犹豫,但眼下先保住妹妹的命更重要。

"好,等一下!"

奈奈子拿出手机给林克彦打电话,林克彦马上就接听了。

"你在哪里?"林克彦问道。

"林哥,听我说!你告诉武川警官……"

"我联系他了,警车应该已经往这边走了!"

"你叫武川去西出口!"

"什么?"

"西出口,让警车去那里!"

过了一小会儿,林克彦说:

"知道了,我马上联系他!"

"拜托了!"

奈奈子挂断了电话。

"我联系好了！你放了我妹妹！"奈奈子喊道。

"我可不会放了她！她可是我的人质！"

"你……那我给你做人质，你把她放了！谁当人质，对你来说都一样！"奈奈子喊道，"我现在出去，我过去！"

"不要啊！姐！"

"久美……"

"你去救救他……救救砂川吧！他在这辆车的后面，被枪打中倒下了。要是再不救他，他会因失血过多而死的！"

"可是，久美……"

"我得给他开车！求你了，照我说的做吧！"

面包车的车灯亮了，车子开动了起来。看到妹妹坐在驾驶座上，奈奈子忍不住从车后面跑到了路上。

"姐，不要！"

面包车朝奈奈子的方向开去，晃眼的车灯照在奈奈子身上。

奈奈子看到，在刚才面包车停车的地方躺着一个人——砂川倒在那里。

"救命……"

加纳邦子的声音虚弱无力。

邦子倒在面包车和奈奈子之间的空隙里，再不把她拉开的话，她就会被面包车碾轧而死！奈奈子跑到邦子旁边，抱起她的上半身，把她拖到了路边，在混凝土路面上，划出一道血迹。

"坚持一下！很快就会有人来救我们了！"奈奈子说道。

"快开车！"坐在副驾驶座上的男人命令道。

奈奈子来到面包车前面，看着握方向盘的久美。

"姐，快躲开！"久美叫道。

"快开车！"男人大声嚷道，"别管她！轧死她！"

听到这话，愤怒的奈奈子涨红了脸。

他把人杀死了！他害死了中尾琉璃，还有保本妙！

这个杀人不眨眼的男人！除了他，还有一个藏在幕后的家伙，在随意指使这个凶手杀人！

一想到这里，奈奈子从心底喷发出巨大的怒火，这火焰熊熊燃烧着，压倒了她面对枪口时的恐惧。

"想轧死我你就轧啊！"奈奈子冲那个男人喊道，"你以为你能开着轧过人的车逃走吗？你很快就会被抓住的！"

"开什么玩笑！"

男人从副驾驶窗探出身子，枪口对准了奈奈子。

"不要！"久美叫道，"我开车！你别开枪！"

久美踩下油门。

面包车猛地开了出去——向后面。

车子径直向后退去，随后猛地撞在一根很粗的混凝土柱子上。

车玻璃支离破碎，散落一地。由于剧烈撞击，男人的手枪也掉在地上。

"浑蛋！"

男人打开车门,跌了下来。

"你干什么?"他吼道。

他好像撞到头了,从车里出来后,他的身体摇摇晃晃的。

奈奈子向掉在地上的手枪跑去。

不能让他拿到手枪!

可是,当踩到加纳邦子流在地上的血时,她滑了一下,倒在地上。

"好可惜啊!"

男人的额头流着血。他捡起手枪,枪口对准了奈奈子。

"你开枪吧!"奈奈子瞪着男人,"我才不怕你呢!"

愤怒到极点便无所畏惧,奈奈子盯着自己面前的枪口,在心里喊:

"久美,快跑啊!"

"真啰唆!"

男人正要扣下扳机,就在这时,一个声音从天而降。

"住手!"

是林克彦!他飞速朝男人跑来!

"林哥!"

奈奈子的喊声和枪声重合在一起。

林克彦从正面扑向男人。

奈奈子站了起来,大喊:

"林哥!"

她跑了过去。

林克彦压在男人身上，把他推倒了，手枪从他的手中滑落，掉在地上。

奈奈子连忙捡起手枪。

"林哥……"

林克彦在地上滚了一下，仰面躺在那里……

奈奈子倒吸了一口冷气，她看见林克彦的腹部被血染红了一片。

"快……跑……"林克彦用微弱的声音说道。刚说完，他就失去了意识。

"林哥……"

杀手的头撞在地面上，疼得嗷嗷直叫。奈奈子双手拿着手枪，对准了他。

"喂……你要杀了我吗？"男人睁开眼睛说道，"你敢杀人吗？"

"我不会杀你的！"奈奈子说道，"我还有好多话要问你呢！不过……"

她扣动了扳机，子弹打穿了男人的大腿。

"啊！"男人大声叫道，"别再开枪了！救救我！"

"那些被你杀死的人比你更痛苦！"

奈奈子伏在林克彦的身上哭喊：

"林哥，你不要死！我不许你死！林哥！"

"砂川,你坚持一下!"

久美从面包车上下来,向倒在地上的砂川跑去。

"谁来……救救我……"邦子叫道。

"好疼! 救救我啊!"杀手哭了起来。

不一会儿,武川警官和其他警察跑进停车场。

此时,奈奈子和久美的"你不要死"的喊声,邦子的求救声,杀手的哭声……各种声音混杂交错,在停车场里回响着。

"你听到什么声音了吗?"披着长袍睡衣的女人问道。

躺在床上的汤川打了个哈欠。

"是你的错觉吧。"汤川淡定地说道,"这个公寓谁也不知道,没有人能进来!"

"是吗? 可是……"

"还有时间呢,再来一次吧?"

汤川色眯眯地笑着,向她伸出手。

"哎呀……已经到傍晚啦! 你该去'工作'了吧?"女人一边说,一边向床走去。

汤川抓住了她的手,把她拉到跟前,女人没有拒绝,顺从地靠近汤川。

"咳!"有人干咳了一声。

"啊!"女人吓得跳了起来。

站在卧室门口的不是别人,正是奈奈子。

"喂,你要干什么?"汤川起身问道。

"抱歉,打扰了!不过,我觉得你们最好先穿上衣服!"

"你说什么?"

"我等着你们哦!"

从奈奈子身后走出来一个人:

"我是 N 警察局的武川,这个房间已经被警察控制了!"

"喂,你们为什么……"汤川的话说到一半突然停住了,"好吧,我去收拾一下,稍等!"

"还有你!你的记忆好像已经恢复了啊,矢吹美伽!"

"和我没有关系啊!"美伽急忙辩解道,"我和这个人今天是第一次见面!我只是被他约到这里玩玩,这根本算不上犯法吧?"

"快去穿衣服!"汤川不耐烦地催促道,"可以给我把门关上吗?"

"好的!"

奈奈子关上门。

"浑蛋!"汤川恶狠狠地骂道。

警察来到这个公寓了,这说明他雇的杀手把事情搞砸了。

"不过,不管那家伙说什么,我说'不认识他'就可以了。"

"对了……"

汤川快速穿好衣服,然后抓起手机,给 AB Culture 的总经理朝井打电话。

244

"喂！"

"朝井，警察来我这里了，你那里没事吧？"汤川问道。

朝井停顿了一下说：

"现在警察就在我家，他们正在搜查呢！"

"是吗？快销毁电脑！不是跟你说过吗？要是事情败露，一定要先把电脑……"

这时，他们听到电话里有人说：

"电脑已扣押！这个手机也要扣押！"

汤川摇摇头：

"既然如此……"

那就只能坚持说一切都是 AB Culture 的朝井干的了。然后找个"政客"活动一下，让其处理好就行了。

"请快一点儿！"奈奈子在门外说道。

"这个女人……"

"你不是说，这个女人可以任你摆布吗？"美伽瞪着汤川。

"我也有看走眼的时候啊！"汤川耸耸肩说道。

"你不是说过，没有女人能抵抗得住你的魅力吗？看来你太自恋了啊！"

"用不着你管！"

"哎，待会儿我就说我不认识你啊！"

"你以为你这样说就行了吗？"

"我就要这么说！我可不想当杀人犯的共犯！"

"你随便!"

汤川穿好外衣,正要昂首挺胸地走出卧室。

"等一下!"美伽说道。

"干什么?"

"给我钱!以后我还能不能拿到钱就不好说了!"

"好吧!"

汤川从钱包里抽出好几张一万日元的纸币,递给她:

"多余的话别乱说啊!"

"我什么也不知道!"

美伽点了点头,然后说:

"哎,你的头发翘起来了!"

汤川打开了门。

"久等了!"

他向客厅走去。

警察们进了卧室,客厅已经搜查过了。

"这是搜查证!"武川出示了证件,"我可得好好问问你啊!"

"我联系律师了,律师不在,我一句话都不会说!"汤川说道。

"这家伙真是可恶!"奈奈子恨恨地说道,"不过,那个职业杀手疼得受不了,已经把你雇他杀死中尾琉璃和保本妙的事都说出来了!"

"那个人的话能信吗?没有证据就来审讯我,这可不行!"汤川冷静地说道,"你说我雇他杀人?那你呢?你为了抢夺科长的位子,不是害得古田自杀了吗?"

奈奈子摇摇头:

"你的脸皮可真厚啊!不过,加纳邦子也伤得很重,但总算保住命了。那个杀手不怎么样啊!"

"你说什么?"

汤川不说话了。

这时,M医院的滨口泰子走进房间。

"我的女儿被救出来了!"滨口泰子说道,"她药物中毒,还好已经救过来了……你竟然做出这样的事!我真想杀了你!"

滨口泰子的眼睛里燃起了仇恨的怒火,汤川移开了视线。

这时,和汤川一起从卧室里出来的矢吹美伽说:

"我可以走了吗?我什么也不知道!我只是碰巧和这个人发生亲密关系而已……"

"你说什么?"滨口泰子说道,"这个汤川还让我把你杀了呢!"

"不会吧……"美伽笑了一下,然后看着汤川,"这是真的吗?"

"汤川想把你当成新型药物的测试对象!你逃出来了!不过,你又被汤川给哄回去了,对吧?但那时候汤川想杀你灭口,就让我用注射器杀了你……还好当时泷田小姐急中生智,及时阻止了我!"

听了泰子的话,美伽对汤川说:

"原来是这样啊……所以你又开始讨好我了啊！"

"美伽，我对你够好了吧？你别多说话，以后我会好好照顾你的！"汤川的语气有些急躁。

"你就死了这条心吧！"奈奈子说道，"朝井总经理得知你要杀了加纳邦子，他就把所有的事情都说出来了！他说，他可不想当杀人犯的共犯！"

汤川听完这番话，脸色发青，即使如此，他还是逞强地说：

"你们听好了！P商社的顾问是如今的官房长官，你们要是找P商社的麻烦，他可不会轻饶了你们！"

"你真是个死不悔改的家伙！"奈奈子火冒三丈，"你让我最爱的林哥受了那么重的伤，还想要花招儿！"

奈奈子问武川警官：

"你可以闭一下眼睛吗？"

"可以！"武川点点头。

奈奈子握紧了拳头，朝汤川的脸猛地一击。

汤川滚在地上，疼得嗷嗷直叫，不能动弹。

"他这是自己摔倒的！"武川说道，"不注意脚下可不行啊！"

尾 声

"田中一郎？那是谁啊？"久美问道。

"我也是第一次听到这个名字，听说这就是那个职业杀手的名字！"

"是吗？好普通的名字啊！"

"嗯，可是他杀了中尾琉璃和保本妙……"奈奈子说道。

姐妹俩在医院附近的一家地下咖啡店里相对而坐。

她们各自有一个"最爱的人"正在住院。林克彦的伤势并无大碍，但砂川失血太多，在生死线上徘徊了一阵子之后，总算保住了性命。

"不知道 AB Culture 会怎么样？"奈奈子慢慢地喝着咖啡，"总经理都被逮捕了……"

汤川拉拢朝井拓展海外业务，向一些贫困地区出口学生文具，他们计划在那些文具里混入武器和违禁药物，这样一来，出口文具就成了输出违禁品的幌子。

汤川被逮捕了。

据说,他被逮捕时还在嘴硬:

"只要有需求,什么都可以卖,这就是商社的工作!"

"他们在采购那些违禁药物的时候,利用了滨口泰子!"奈奈子说道。

"姐,你没被他们杀死真是太好了!"久美说道。

"你为我感到庆幸吗?"

"当然!要是没有你,我和砂川的事也不会解决!"

"这……"

砂川受了重伤,他的妻子惠子对久美说:

"你想照顾他一辈子,是吧?我可以跟他离婚,但条件是房子和其他财产都归我!"

少不更事的久美听惠子这么说,便脱口而出:

"连卫生纸都归你!"

"以砂川现在的状况,他以后还能回到原来的岗位工作吗?"奈奈子问道。

"肯定能!不管怎样都得回去!"

"有这个劲头就没问题啦!"奈奈子笑了。

"林克彦现在可是新闻人物啊!"久美说道。

"是啊!"

不顾自己性命去保护奈奈子的"泷田克夫"成了大英雄。他正在拍的电视剧里,恰好也有类似的情节——他救了一个差点儿被车撞到的孩子,受了伤,需要休息一段时间。等他伤好之后就可以继续拍戏了。

电视台的制作人几乎每天都来探望病房里的林克彦。

"反正他的艺名也是'泷田',你们干脆结婚得了!"久美说道。

"你说得也太简单了……"奈奈子无奈地笑道。

奈奈子心想:我们现在还能这样有说有笑,中尾琉璃和保本妙却已经死了,她们永远也不能笑了! 如果我再早一点儿发现真相的话……

中尾琉璃被汤川吸引,成了他消遣的对象,却在无意中听到了汤川的计划。她想把这件事告诉奈奈子,结果被杀掉了。

琉璃应该也没有想到,这件事会这么严重。

"也许,我们只是运气好吧……"奈奈子喃喃自语道。

这时,奈奈子听到有人说:

"啊,在这里呢!"

走进咖啡店的是奈奈子的下属岩本真由。

"啊,真由,有什么事吗?"

"公司里乱成一锅粥啦!"

这种局面不用想也知道,总经理都被逮捕了!

"不过,听说 P 商社要负起责任,帮助我们整顿 AB Culture。"

"那公司就不会倒闭了? 太好了!"

"啊,还有,刚才这个女孩儿来公司了……"

真由的身后跟着一个女孩儿。

"我是古田清美。"

她向奈奈子鞠了一躬。

"啊,你是科长的……"

"我之前一直非常恨您,现在我知道真相了!对不起!"

"没关系,你明白了就好!"

奈奈子长舒了一口气。

"我还想请您帮一个忙!"

"我?"

"请让我到 AB Culture 做兼职吧!"

"啊?可是……"

"我妈妈还在住院,我要是不做兼职赚钱的话……"

"你才十六岁吧?你可以找亲戚或者……"

"我不想依靠别人生活!"

"我明白你的心情,可是……"奈奈子不知说什么好,"可是,你看,我只是一个小科长,雇用兼职人员这些事,我说了不算啊……"

"不过,奈奈子姐,"真由说道,"P 商社发来了通知……"

"啊?"奈奈子的手机也收到一封邮件,"稍等啊!"

奈奈子看到邮件,一下子不知所措。

"是 P 商社发来的……"

泷田奈奈子女士：

　　我公司 P 商社在整顿 AB Culture 之际，认为您是新任总经理的最佳人选。请于明天上午十点到 P 商社总部面谈……

"啊……这是开玩笑吧？"

"好像不是开玩笑哦！"真由说道，"公司也收到了这个通知！"

"别开玩笑了！我……"

奈奈子还以为接下来就能和林哥好好谈一场恋爱了呢！

"这是为了 AB Culture 啊！"真由安慰她道。

"等一下！"奈奈子叹了口气，"我可不想一辈子都当工作狂啊！"